KB062806

언젠가 기억에서
사라진다 해도

いつか記憶からこぼれおちるとしても

Itsuka Kioku kara Koboreochiru to shite mo
Copyright ⓒ 2002 by Kaori EKUNI
First published in Japan in 2002 by The Asahi Shimbun Company, Tokyo
Korean translation rights arranged with Kaori EKUNI
through Japan Foreign-Rights Centre/ Shinwon Agency Co.

이 책의 한국어판 저작권은 신원 에이전시를 통한 Japan Foreign-Rights Centre 사와의
계약으로 한국어 판권을 (주)태일소담이 소유합니다.
저작권법에 의해 한국 내에서 보호를 받는 저작물이므로 무단전재와 무단복제를 금합니다.

언젠가 기억에서 사라진다 해도

펴 낸 날 | 2021년 10월 28일 개정판 1쇄

지 은 이 | 에쿠니 가오리
옮 긴 이 | 김난주
펴 낸 이 | 이태권

책임편집 | 윤주영
책임미술 | 양보은
펴 낸 곳 | 소담출판사
　　　　　서울특별시 성북구 성북로5길 12 소담빌딩 301호 (우)02880
　　　　　전화 | 02-745-8566　　팩스 | 02-747-3238
　　　　　등록번호 | 1979년 11월 14일 제2-42호
　　　　　e-mail | sodambooks@naver.com
　　　　　홈페이지 | www.dreamsodam.co.kr

ISBN　　　979-11-6027-267-3 03830

• 책값은 뒤표지에 있습니다.
• 잘못된 책은 구입하신 곳에서 교환해드립니다.

언젠가 기억에서
사라진다 해도

에쿠니 가오리 지음 | 김난주 옮김

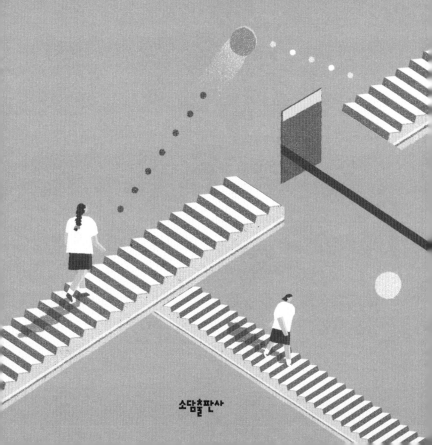

소담출판사

"나는 초록 고양이가 되고 싶어. 다시 태어나면."

보라색 눈의 초록 고양이, 라고 말하고

에미는 꿈꾸듯 미소 지었다.

"그 고양이는 외톨이로 태어나, 열대 우림 어딘가에 살고,

죽을 때까지 다른 생물과는 한 번도 만나지 않아."

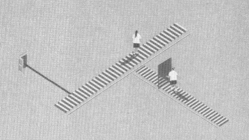

손가락

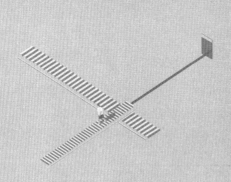

1

날마다 학교에서는 많은 일이 벌어진다. 교실 여기저기에서.

세계의 요모조모를 전하는 지구촌 뉴스 같다. 어떤 나라는 전쟁을 하고, 어떤 나라에는 한파가 몰려오고. 거의 알몸에 가까운 모습으로 생활하면서 축 늘어진 가슴에 구슬 장식을 주렁주렁 매단 사람들도 있다.

교실이란 그런 곳이다.

다케이의 쪽지 편지가 내게 전해졌다. 펼쳐 보자,

유즈 오렌젤.

마미코 초코푸.

라고 쓰여 있다. 나는 그 옆에다,

기쿠코 하얀 거.

라고 덧붙여 쓰고 쪽지를 다시 접어 다케이에게, 라고 큼지막하게 썼다. 앞으로 20분 정도 지나면 4교시가 끝난다. 구름 낀 창밖 하늘이 나른하고 따분하게 느껴진다.

어제, 아빠와 폭포를 보고 생선 요리를 먹었다. 생선은 무지개 송어였고, 산속 오두막집 같은 레스토랑은 난방이 지나쳐 더울 정도였지만 일하는 사람들은 친절하고 인상도 좋았다. 아르바이트를 하는 학생들이겠지, 아빠는 그렇게 말했다. 나도 그렇겠지 하고 생각했다. 그런 느낌의 인상 좋음이었다.

어두워서 폭포는 보이지 않았다.

"좀 더 일찍 올걸 그랬나 보다."

아빠가 희미하게 웃으면서 말했다.

"여기서 저녁 먹는다는 생각만 하느라고 그랬구나."

나는 컵에 물을 따르고 괜찮아, 라고 말했다. 폭포, 사실은 보고 싶었지만.

두 달 만에 만나는 아빠였다. 지난 9월, 사촌 오빠 결혼식 때 보고 처음이었다. 아빠가 도쿄에서 우즈미야로 전근을 가 혼자 생활한 지 1년이다. 엄마는 주말이면 가끔씩 이곳을 찾아 아빠와 함께 지내지만, 나는 겨우 두 번째다. 아빠가 사는 아파트에서 차

손가락   II

를 타고 1시간 거리에 있는 폭포투성이 닛코(아빠의 표현이다)는 처음 구경했다.

"보이지는 않지만 소리는 들었으니까."

나는 말했다.

"그리고 냄새도 맡았고."

아빠가 곤혹스럽다는 듯이 피식 웃었다.

물줄기는 콸콸 소리를 내며 떨어졌다. 그 소리에 공기가 흔들리면서 얼어붙을 듯 차가운 물기운이 어둠 속으로 퍼졌다.

나는 녹내 나는 난간에 기대어, 바닥에 인조 양털이 깔려 있는 부츠를 신고 오길 잘했다고 생각했다. 작년 크리스마스에 선물받은 베이지색 스웨이드 부츠였다.

"디저트는?"

아빠가 물어 나는 커피, 라고 대답했다.

레스토랑에서 나오자 밤하늘에 별이 총총했다.

"와! 예쁘다."

하늘을 올려다보며 내가 말하자 아빠는 응, 이라고 다행스럽다는 듯 말했다. 감색 다운재킷을 입은 뒷모습.

나는 자동차 조수석에 올라타, 아빠 차 특유의 냄새를 맡으면서 안전띠를 맸다. 그리고 드라이브를 하는 동안, 졸지 않도록 라디오를 듣고, 껌을 씹으며 조잘거렸다. 아빠는 물론, 눈 좀 붙이지, 라고 말했지만.

12시가 다 되어 도쿄에 도착했다.

"너무 늦어서 미안하구나."

아빠는 내게 그렇게 말했다. 집 앞으로 마중 나온 엄마에게도 같은 말로 사과했지만 아빠는 그 늦은 밤에 우즈미야로 되돌아가 오늘 아침에는 평소대로 회사에 출근했을 것이다.

"기쿠코."

뒷자리에 있는 유즈가 불러, 나는 수업이 끝났다는 것을 알았다.

도시락은 늘 넷이서 먹는다.

중학교 때하고 달라 혼자서 먹는 아이도 몇 명 있는데, 그렇다고 그것이 왕따의 상징은 아니다. 열 명 정도가 책상을 맞붙이고 먹는 그룹도 있고, 둘이서 오순도순 먹는 경우도 있다. 모두 제각각이다.

"비 올 것 같다."

창밖을 보면서 유즈가 말했다.

"안 되는데. 오늘 외출하기로 했는데."

"엄마하고?"

내가 묻자 유즈가 고개를 까딱거린다. 갈색의 매끄러운 머리가 어깨를 스친다. 유즈는 엄마와 무척 사이가 좋다. 함께 쇼핑을 하다 보면 곧잘 자매지간으로 오해를 받는다고 한다.

"차 타고 갈 거잖아?"

방과 후, 유즈 엄마의 감색 르노가 교문 옆에 세워져 있는 것을 몇 번이나 보았다. 4월에 입학한 뒤 반 년 남짓한 사이에.

"그건 그렇지만. 그래도 성가시잖아, 비 오는 날에 쇼핑하는 거."

하긴, 하고 나는 맞장구를 쳤다. 유즈는 오늘, 무슨 무슨 수입 브랜드의 단골 고객만을 대상으로 하는 할인 판매에 간다고 한다.

"기다렸지?"

매점에서 뛰어온 듯한 다케이가 유즈의 책상에는 오렌지 젤리를, 마미코의 책상에는 초콜릿 푸딩을, 그리고 내 책상에는 흰 우유를 놓으며 말했다. 자기 몫으로는 커피 우유를 들고 있다.

여자 고등학교는 참 이상하다. 마음이 편하면서도 어딘가 모르게 서먹하다. 교복 탓인지도 모르겠다. 교복은 한 사람 한 사람의 생활을 완벽하게 가려 준다. 학교 밖에서는 따로 떨어져 있는 사람들을 마치 한 집단인 것처럼 보이게 한다. 나는 교복을 꽤 좋아한다. 우리 교복은 하얀 블라우스에 감색 리본, 감색 점퍼스커트, 감색 재킷이다.

"마미코, 펄 좀 빌려주라."

다케이가 샌드위치를 먹으면서 말하자, 마미코는 책상 속에서 그것을 꺼내 건넨다. '펄'은 고전 자습서인데, 진주서원이란 출판사에서 나왔다고 펄이라고 부른다.

"기쿠코, 빵 안에 뭐 들었어?"

유즈가 물어 나는 고기, 라고 한 마디로 대답했다.

요즘 샌드위치 도시락이 유행이다. 베이글이나 피타판Pitapan 샌드위치다.

"고기야. 아시아 사람답다."

방과 후에 무슨 계획이 있든 없든 유즈는 점심시간 내내 앞머리에 컬을 말고 있다. 분홍색 컬러curler로. 모두들 밥을 먹을 때는 얌전하니까, 점심시간이면 교실은 의외로 조용하다. 다케이가 한 손에 샌드위치를 든 채 펄에 실린 고문의 현대어 번역문을 공책에 베끼고 있다.

5교시가 끝날 즈음, 비가 내리기 시작했다. 보나 마나 밤까지 계속 내릴 지리하고 음울한 비다. 나는 틴틴과 스노위 캐릭터가 찍혀 있는 샤프펜슬을 손가락으로 소리 안 나게 빙빙 돌렸다.

곽 티슈, 두부, 닭 가슴살, 토마토.

역 앞에 있는 슈퍼마켓에서 시장을 보고 4시 반쯤 집에 돌아왔다.

"어서 와. 추웠지?"

현관까지 나온 엄마에게 슈퍼마켓의 하얀 비닐 봉투를 건넨다. 봉투가 약간 젖어 있다. 엄마의 손은 자그마하고, 손가락이 몹시 차갑다.

"화장지가 싸졌더라. 220엔이었는데 178엔."

"고맙다."

엄마는 생긋 웃으며 봉투를 받아 들고는 그 자리에서 안을 들여다보며 확인한다. 모스 그린색 스웨터에 회색 치마, 그리고 계란색 양말을 신은 엄마. 아빠가 전근을 한 후로 장보기는 순전히 내 몫이다. 물론 모녀 둘이 사는 살림에 크게 필요한 것은 없다.

야, 정말 대단하지 않냐? 언젠가 장 보는 얘기를 하자 유즈와 마미코가 그렇게 호들갑을 떨었지만 그래 봐야 그냥 맞장구다. 인사치레라고 해도 상관없다. 우리의 목소리는 어떤 류의 인사를 할 때면 제멋대로 요란을 떤다. 목소리와 감정은 별개다.

교복을 옷걸이에 걸고, 화장지를 둘둘 말아 젖은 구두 안에 집어넣는다. 현관은 비 냄새.

"차 끓이는 참이었는데, 너도 마시련?"

부엌에서 엄마가 물었다.

"응."

대답하는 내 목소리가 감정보다 한결 기쁜 듯이 울렸다. 엄마는 분명, 바지런히 손을 움직여 과자까지 준비하리라.

다음 날 아침이 되어도 비는 그치지 않았다. 나는 어제 쓰고 온 예비용 우산을 쓰고 갈까 아니면 늘 쓰는 파란색 우산을 쓰고 갈까 잠시 망설이다가 파란색 우산을 쓰기로 했다. 예비용은 접이식 소형이라서 치맛자락이 쉬이 젖기 때문이다. 교복 치마는 젖어서 주름이 펴지면 영 볼품이 없다.

나는 플랫폼에서 전철을 기다리면서 한없이 비를 뿌리는 잿빛 하늘을 올려다보았다. 선로와 침목, 승차 위치를 알리는 조그만 입간판과 하얀 선 바깥쪽의 콘크리트, 모든 것이 처량하게 비에 젖어 있다. 주룩주룩 귀를 울리는 물소리.

출근 전쟁이 시작되는 시간보다 조금 일러, 이 시간대의 전철은 죽을 만큼 붐비지는 않는다. 죽을 만큼은 아니어도 충분히 답답하고, 비 내리는 날의 전철 안은 공기가 나쁘다. 나는 평소에 하던 대로, 안내 방송을 따라 안쪽으로 비집고 들어가 손잡이를 잡고 보조 가방에서 문고본을 꺼내 읽는다. 청록색 인조 가죽에 지퍼가 달린 보조 가방은 바깥 주머니에 은색 학교 마크가 찍혀 있다. 끔찍한 디자인이지만 책가방만으로는 모자라 다들 들고 다닌다.

중학교에 다닐 때부터 전철을 타면 습관적으로 책을 읽는다. 지금은 『아기 참새 이야기』를 읽고 있다. 클레어 킵스란 사람이 쓴 책으로, 표지 사진이 마음에 들어 샀다. 하얀 컵 속에 깨물어 주고 싶을 정도로 귀여운 아기 참새가 들어 있는 흑백 사진. 모이를 주는 사람의 손도 찍혀 있다. 참새의 머리는 그 손가락이 잡으면 부서질 것처럼 작다.

나는 동물을 길러 본 적이 없다. 길러 보고 싶은 생각도 없고, 거리에서 개나 고양이를 보아도 별다른 느낌이 없다. 하지만 동물이 등장하는 이야기는 좋아한다. 『아기 사슴 밤비』와 『워터십 다운의 열한 마리 토끼』와 『다람쥐 파나시』.

문득, 등에 사람의 손길이 느껴졌다.

그것도 재킷 안쪽에. 화들짝 놀라 몸이 굳었다.

전철을 타고 학교에 다닌 지 벌써 4년, 치한에는 이미 익숙하다. 치한은 다들 소녀 취향인지 오히려 중학생 시절에 많이 만났다. 특히 1학년 때. 처음에는 놀랐지만 지금은 아무렇지도 않다. 노려볼 수도 있고, 발을 밟아 줄 수도 있다. 단련이 된 것이다.

그런데, 오늘은 달랐다.

손은 오른쪽에서 내 재킷 안으로 침입하여 재빨리 등을 스치고 지나 왼쪽 가슴을 움켜쥐었다. 아주 꽉. 가늘고 싸늘한 손가락. 남자의 손이 아니었다. 금방 알 수 있었다.

손가락은 즐기듯 잠시 내 왼쪽 옆구리를 오르내렸다. 점퍼스커트 위로, 적당히 힘주어. 만진다기보다 겨드랑이에서 가슴, 그리고 허리로 이어지는 빈약한 선을 확인이라도 하듯, 빈틈없는 동작이었다.

나는 문고본을 손에 든 채, 무슨 일인지 몰라 멍하니 서 있었다.

손가락이 위쪽에서 움직임을 멈췄다. 뭐가 살짝 당겨지는 듯한 느낌이 들었다. 지퍼다. 점퍼스커트의 옆구리에 지퍼가 달려 있다. 사각 네크라인의 점퍼스커트는 지퍼를 끝까지 내린다고 벗겨지지는 않지만, 얇은 블라우스 한 장과 그 속의 살은 무방비 상태가 된다.

고개를 돌리자, 화려한 분위기의 여자와 눈이 마주쳤다. 나이는 마흔 살에서 마흔다섯 정도. 어깨까지 내려오는 부드러운 머리칼이 살랑거리고 있다. 예쁜 여자라고 생각했다. 빨간 코트는 따스해 보이고, 한눈에 고급이라는 것을 알 수 있었다. 뼈가 불거질 정도로 가는 다리에는 에나멜 펌프스. 여자는 내 등에 한 손을 두른 채 생긋 웃었다. 빨간 립스틱을 바른 입술. 웃자 입이 팬스레 커 보였다.

손가락은 지퍼를 2, 3센티미터 내리고는 움직임을 멈췄다가, 직 하고 재빨리 올리고는 재킷 밖으로 나갔다.

순식간에 모든 것이 제자리로 돌아왔다. 전철의 진동도, 주위 사람들의 기척도, 김이 서린 유리창에 맺힌 물방울도, 옆 사람이 읽고 있는 주간지의 잉크 냄새도, 발치에 내려놓은 젖은 우산도.

나는 크게 숨을 내쉬고서야 그녀의 손이 재킷 안에 있는 내내 숨을 쉬지 않았다는 것을 알았다.

다시 돌아보자, 그녀가 전철에서 내리고 있었다. 비교적 내리고 타는 사람이 많은 역이었는데, 빨간 코트는 붐비는 사람들 속에 섞이지 않았다. 그녀는 홈에 서서 고개를 돌리고는 싱긋 내게 미소 지었다. 약간 고개를 갸우뚱하고.

나는 그날 아침에 생긴 일을 아무에게도 말하지 않았다. 유즈에게도, 다케이에게도, 마미코에게도.

교실에 들어가자 다카노 씨가 다가와,

"안녕, 기쿠코. 혹시 유성펜 있니?"

하고 미안한 듯 난처한 듯, 멈칫멈칫 물었다.

"유성펜?"

"응. 아무 색이나 상관없는데."

탈색을 해서 퍼석거리는 머리를 두 갈래로 굵게 딴 다카노 씨는 한 마리 늑대다. 중학교 때부터 같은 학교에 다니고 있는데, 툭하면 훈계 처분을 받는데 정학 처분까지 심심찮게 받는다는 소문도 있다. 그렇다고 천연덕스럽게 구는 것은 아니고 아무하고나 얘기한다. 아무하고나 얘기하는데 친한 친구는 없다.

"미안. 수성펜밖에 없는데."

필통 속을 확인하고서 그렇게 말하자 다카노 씨는,

"괜찮아, 신경 쓰지 마."

라고 말하고는 때마침 교실에 들어오는 다케이를 보고는 발길을 돌려 뛰어갔다.

"다케이, 다케이, 유성펜 있어?"

"쟤, 왜 저러는데."

뒤에서 유즈가 말했다.

"글쎄."

나는 고개를 갸웃하고 대답했다.

비는 점심때가 지나 그쳤다. 방과 후, 청소 당번인 마미코를 기다려 유즈와 셋이서 켄터키 치킨에 갔다. 치킨과 콜라, 그리고 햄 샐러드.

"12월이 머지않았네."

조그만 스툴에 걸터앉아 다리를 덜렁거리면서 유즈가 말했다. 한 손으로 턱을 괴고, 다른 한 손으로는 콜라를 거의 다 마신 종이컵을 흔든다. 달그락달그락 얼음이 부딪치는 소리가 난다.

"그럼 기말고사잖아."

마미코가 불만스럽다는 듯이 말했다. 우리는 저마다 한숨을 쉬었다. 유리창 너머로 큰 길이 보인다.

"노트 복사한 거, 돌릴 거야?"

유즈가 물었다.

"국사 정도는."

나는 그렇게만 대답했지만 사실은 현대 국어와 문법도 돌릴 생각이었다. 시험 때가 되면 노트 복사본이 한 부에 2, 3백 엔에 돌아다닌다.

"기말고사 끝나면 겨울 방학이다."

스스로를 격려하듯 우리는 그렇게 말하고 스툴에서 내려왔다. 커다란 쓰레기통의 뚜껑을 열고 쟁반에 수북한 종이 쓰레기를 버린다. 밖으로 나오자 초겨울 거리에서 진한 배기가스 냄새가 났다.

나는 엄마와 아빠를 사랑하기 때문에 엄마와 둘이 사는 생활이 고통스럽지 않다. 물론 2층짜리 단독 주택이 둘이서 살기에는 너무 넓고, 엄마는 별로 말이 없는 사람이라서 집 안은 썰렁하도록 조용하지만.

나는 엄마와 아빠가 싸우는 장면을 본 적이 없다. 양쪽 다 서로에게 무척이나 친절해서 사이좋은 부부로 보였다. 그런데 아빠가 전근을 가기 훨씬 전부터 엄마와 아빠는 다른 방에서 잤다. 왜인지는 모른다. 그리고 엄마가 간혹, 낮에 우는 일이 있었다. 낮에 창틀에 앉아 정원을 바라보면서.

"다녀왔어요."

요즘 들어 엄마는, 내가 집에 돌아올 때면 반드시 현관까지 나와 어서 오라고 반겨 준다.

"선물."

나는 아까 켄터키 치킨에서 산 생선 버거와 감자튀김이 들어 있는 종이봉투를 내밀었다.

"고맙다."

엄마는 생긋 웃으며 그것을 받아 든다. 엄마는, 요즘은 낮에 안 우는 모양이다.

2

초등학생일 때, 미유키란 친구가 있었다. 아주 친해서 늘 붙어 다녔다. 점심시간에는 교정 벤치에 나란히 앉아, 다음 날 입을 옷에 대해 의논했다. 될 수 있는 대로 비슷한 것을 골랐다. 얼핏 보아도 친한 친구라는 것을 알 수 있는 옷. 아침 조회 때는 우리 둘 다 아코디언을 켰다. 가방에는 똑같은 키홀더를 매달고 다녔다. 급식을 먹기 전에는 같이 손을 씻으러 갔고, 똑같은 차례로 씻었다. 손바닥, 손등, 그리고 두 손을 깍지 끼고 손가락 사이사이, 마지막에는 한쪽씩 손목을 잡고, 잡힌 손목을 빙글빙글 돌려서 손목을. 둘이서 생각한 차례였다.

졸업하고 우리는 서로 다른 사립 중학교에 들어갔다. 그 후로는 한 번도 만나지 못했다. 지금은 내가 미유키를 왜 그렇게 좋아했는지조차 기억나지 않는다. 그리고 미유키가 왜 나를 그렇게 좋아했는지도 전혀 모르겠다.

우리 학교는 중·고등학교가 한 울타리 안에 있고, 나는 같은 울타리 안의 중학교에서 올라온 학생이지만 유즈나 마미코, 다케이는 다르다. 다른 중학교에서 온 친구들이다. 모두 착해서, 나는 셋을 다 좋아한다. 나는 늘, 새로 들어온 사람이 좋다. 같은 사람과 오래 사귀는 것보다 청결하고 마음이 놓인다.

유즈 레몬젤.

다케이 초코푸.

라고 쓰인 쪽지를 마미코가 전해 줬다. 나는,

기쿠코 하얀 거.

라고 덧붙여 쓰고 돌려준다. 수요일. 이토 선생님은 오닌의 난 (應仁の亂; 1467년부터 11년간 계속된 내란_옮긴이)에 대해 꼼꼼한 글씨로 칠판 가득 판서를 하고 있다. 교실 안은 따스하고, 누가 씹고 있는지 과일 향 껌의 달콤한 냄새가 난다.

그날 이후 빨간 코트의 여자를 만나지 못했지만, 전철 안에서의 독서는 진전이 없었다. 전철이 역에 설 때마다 주위에 신경이 쓰이고 초조하다. 오르내리는 사람들 속에서 그 여자를 찾는 버릇이 생기고 말았다. 없다는 것을 확인하면 안심이 됐다. 정말.

그러면서 한편으로는 아쉽기도 했다. 확인하고 싶었던 것이다.

그 여자는 치한이 아니다. 이유는 모르겠지만 그런 생각이 들었다. 그 여자의 손길은 전혀 기분 나쁘지 않았고, 얼굴도 치한 같지 않았다. 그리고, 손가락이 아주 차가웠다.

나는 샤프펜슬을 내려놓고 손을 쥐었다 폈다 했다. 벌써 세 장째다. 이토 선생님은 정말 판서를 많이 한다. 하지만 내게는 오히려 편한 수업이다. 머리 스위치를 꺼 놓고 그저 베끼기만 하면 된다. 분필이 내는 딱딱하고 리드미컬한 소리가 교실 안에 울려 퍼진다.

빗, 색깔 있는 립글로스, 비누, 과일 향이 나는 오데코롱, 바인더, 수첩, 매점에서 파는 비닐봉지에 든 빵, 멋이라고는 하나 없는 천 커튼, 아무도 없는 교단, 전동 클리너로 하루치 분필 먼지를 털어 낸 지우개.

방과 후의 교실은 바람이 잘 통한다. 너무 잘 통해서 왠지 불안할 정도다. 나는 이 시간대의 학교가 조금은 불편하다. 때로 유즈와 다케이는, 집에 돌아갈 준비를 하는 데 한참이 걸린다. 책상에 앉아 무슨 얘기를 하면서 치마에 묻은 먼지를 한없이 뜯어낸다.

나는 복도에 나가 창문으로 교정을 내려다보았다. 꽃밭에 노란 꽃이 피어 있었다.

서둘러 집에 가야 할 이유는 없지만,

"미안하지만, 나 먼저 갈게."

활짝 열린 문으로 얼굴을 들이밀고 말하자, 꽤나 발랄한 목소리가 나왔다.

"응, 그래. 내일 보자."

유즈가 생긋 웃으며 손을 흔들었다. 나도 손을 흔든다.

교문 앞에서 건널목을 건너고 큰길을 똑바로 걸어 지하철역으로 간다. 집까지는 한눈팔지 않고 부지런히 가도 1시간 넘게 걸린다. 11월, 모든 것이 몸을 굳게 움츠리는 시기. 차가운 공기 속에서 빌딩과 가로수와 육교의 윤곽이 또렷하게 보인다. 지하철 계단을 깡충깡충 뛰듯 내려간다. 갑자기 시야가 좁아진다.

오이, 흰살 생선회, 커피 원두, 주방용 세제.

저녁나절의 역 앞은 몹시 북적거린다. 자전거 앞자리에 어린애를 앉혀 놓고, 뒷자리에 매단 바구니에 장 본 것을 집어넣는 엄마들, 소리소리 질러 대는 채소 가게 부부. 나는 투명 인간이 된 듯한 기분이다.

집에 들어서자, 엄마가 마당에서 길고양이에게 밥을 주고 있었다.

"어서 오너라."

내 기척을 알아챈 엄마가 고개를 들고 미소 짓는다. 허리까지 덮는 연초록색 두툼한 카디건을 입고 있고, 짧은 머리가 엉켜 있다. 아마도 낮잠을 잤으리라.

다음 날 아침 일어나 보니, 엄마는 마스크를 하고 부엌에 서 있었다. 감기에 걸린 것은 아니다. 추위를 잘 타는 엄마는 아침, 집 안이 따뜻해질 때까지 마스크를 하고 있다. 그러면 목에도 좋고 따뜻한 모양이다.

나는 치마 주름이 펴지지 않게 조심하면서 의자에 앉는다. 아침은 항상 빵이다. 거의 늘 얇은 토스트에 반숙 달걀. 나는 간이 테이블에서 혼자 먹는다. 엄마는 아침에는 전혀 식욕이 없다. 그래서 부엌에서 내 도시락을 싸면서 선 채로 마시는 밀크 커피가 아침 식사다.

"오늘 음악 시험 봐."

살짝 얼굴을 찡그리고 나는 말했다.

"다 보는 앞에서 한 명씩 노래하는 거야."

노래 시험 따위, 별 문제될 것 없었다. 하지만 나는 그것이 미미한 두통의 원인이라도 되는 듯 우울한 말투로 그렇게 말했다.

아빠나 엄마나 내가 하는 학교 얘기에 그리 큰 흥미를 보이는 것 같지 않다. 그런데도 나는 학교에서 있었던 일을 뭐든 얘기해야 할 듯한 기분이 든다.

"무슨 노래 하는데?"

크림치즈와 연어살을 낀 빵을 랩으로 꼼꼼하게 싸면서 엄마가 물었다.

"카로 미오 벤이나 첫사랑. 어느 쪽이든 상관없어."

그러니, 하면서 엄마는 그레이프 푸르츠의 껍질을 벗기기 시작한다.

"첫사랑은, 이시카와 다쿠보쿠(石川啄木; 1886~1912, 가인, 시인_옮긴이)가 작사한 노래야. 가사가 얼마나 고풍스러운지."

마치 그렇게 말하면 엄마의 환심을 살 수 있으리라고 생각하는 듯한 말투였다.

"그런데다 음이 높아서. 첫사아아랑의, 아프으으음을, 이렇게."

엄마는 여전히 손에 쥔 그레이프 푸르츠를 보면서도 목소리에는 한껏 미소를 담아, 그러니, 라고 말했다. 나는 엄마의 그 흥미로워하는 듯한 '그러니' 한마디에 만족했다.

이를 닦고 코트를 입고 부엌으로 다시 돌아오자, 다 만들어진 도시락이 커다란 손수건에 싸여 있었다.

빨간 코트의 여자는 이웃역에서 올라탔다. 검은 타이츠를 신은, 밤비처럼 가느다란 다리에 앵클부츠를 신고 있다. 나는 책을 손에 든 채로 직립 자세를 취했던 것 같다. 눈이 마주치자 여자는 생긋 웃었다. 차창으로 아침 햇살이 희미하게 비쳤다.

하지만 여자는 이번에는 다가오지 않았다. 조금 떨어진 곳에 서서 빤히 나를 바라보고 있다. 나도 마주 바라보았지만, 그녀는 태연하고 여유 있는 표정으로 주저 없는 시선을 보냈다. 나는 심장이 쿵쾅거리고, 정체를 알 수 없는 불안에 가슴이 조여드는 것 같아 더 이상 시선을 마주할 수 없었다. 책에 집중하려고 해도, 앞쪽에서 비스듬히 날아오는 시선만이 따가울 정도로 느껴졌다.

고개를 들면, 그녀는 항상 나를 보고 있었다. 진지한 표정으로. 두 다리를 살짝 벌리고, 전철의 움직임에 휘청거리지 않도록 힘을 주고 서 있는 것이다. 만원 전철에는 익숙하지 않은 모양이다.

시간이 흘러도 심장의 쿵쾅거림은 잦아들기는커녕 점점 심해졌다. 물기 없는 땀이 배어 나오는 느낌. 피가 전부 머리로 치솟는 느낌.

여자는 여섯 정거장째에 내렸다. 지난번과 똑같은, 전철을 바꿔 탈 수 있는 비교적 번잡한 역이다.

시선이 사라진 순간, 안심하기에 앞서 몸이 해방되었다. 갑자기, 그리고 확실하게.

걸어서 사라지는 그녀의 뒷모습을 창 너머로 바라보면서, 나는 천천히―그리고 몹시 경계하면서―어깨에 힘을 뺐다. 자신이 한심하다는 생각이 들었다. 맥은 좍 빠졌는데, 신경만 날카롭게 곤두서 있는 느낌이다. 태연한 표정으로 서 있는 다른 사람들이 오히려 이상했다. 유령을 본 사람의 심경이 이렇지 않을까 싶었다.

학교에 도착하니 교문 안쪽에 주번이 나란히 서 있었다. 교칙을 위반한 학생들을 잡는 것이다. 하지만 내게는 짧은 앞머리에 좌우 두 갈래로 단정하게 묶은 머리, 다리가 가장 굵어 보이는 종아리 중간에 치마 길이를 맞춘 그녀들 쪽이 무슨 벌을 받느라 거기에 서 있는 듯 보인다, 늘.

"안녕."

늘 바로 뒤 전철을 타고 오는 다케이가 쫓아와 말했다.

3

빨간 코트의 여자는 그다음 날에도 나타났다.

내 눈은 전철이 홈에 정지하자 동시에 그녀의 모습을 알아차렸다. 앞에서 세 번째 줄 한가운데 서서, 줄 서서 타기를 준수하고 있는 그녀의 모습을. 화창한 날씨, 플랫폼 끝에 지붕 그림자가 어려 있었다.

문이 열린다.

심장은 벌써 숨이 막힐 정도로 빠르게 뛰고 있다. 여자는 나를 보자 똑바로 다가와, 바짝 붙듯 옆에 섰다. 두둥실 프리지어 향이 풍겼다.

"안녕."

귓가에다 속삭이고, 여자는 손잡이로 손을 뻗었다. 코트 소매 끝으로 하얀 블라우스 소맷자락이 보인다.

그녀가 아주 자연스럽게, 그러나 내 몸의 오른쪽을 마비시키기에는 충분히 부자연스럽게 몸을 내게 밀착시켰다. 한없이 긴 시간.

내리면서 그녀는 그 가늘고 싸늘한 손가락으로 내 뺨을 만졌다. 가녀린 손가락에 처량할 정도로 무거워 보이는 금색 반지, 그 금속의 감촉. 소름이 끼쳤다. 손가락 끝에서 희미하게 담배 냄새가 났다.

5초, 혹은 3초, 아니 더 짧았는지도 모르겠다. 손을 떼자 여자는 조용히 전철에서 내렸다.

그 후에도 종종 전철 안에서 여자를 만났다. 검정 다운-재킷을 입고 있을 때도 있었고, 더러는 안경을 끼고 있기도 했지만 풍기는 향수 냄새는 늘 똑같았다.

늘 같은 역에서 타고, 같은 역에서 내렸다.

그녀는 전철에 타고 있는 내내 나를 묘한 눈길로 쳐다보거나 다가와 내 옆에 바짝 붙어 서곤 했지만, 첫날처럼 치한 같은 행동은 하지 않았다. 소용없는 줄 알았는지도 모르겠다.

나는 불감증이다. 남자 친구도 없는데 어떻게 그런 것을 아느냐고 묻는다면 대답할 말이 없지만, 내 몸에 관한 것이니까 나는 안다. 나는 틀림없는 불감증이다.

처음 그 말을 들었을 때, 바로 그거로구나, 하고 알았다. 뭐랄까, 그 말에 친근감을 느낀 것이다. 그리고 역시, 하고 생각했다.

내가 불감증이라는 것을 알고는 왠지 안도했다. 일찌감치 알기를 잘했다고 생각했다.

엄마와 둘이 생활하면서, 저녁을 먹고 이렇게 나는 거실에서 텔레비전을 보고 엄마는 목욕을 하고 있을 때가 유일하게 외롭다. 욕실은 부엌을 사이에 두고 거실 바로 옆에 있기 때문에 엄마가 욕조에 몸을 담그고 있는 소리―물소리가 아니라 가스 온수기 소리―가 잘 들린다. 웅 하는 온수기의 소리가 들리면 나는 왜인지 견딜 수 없도록 외로워진다. 엄마가 어디 아주 먼 곳으로 가 버린 듯한 기분이 든다. 아주 멀고, 아무도 닿을 수 없는 곳.

"엄마 먼저 목욕할게."

목욕을 끝낸 엄마가 목욕 타월을 두른 모습으로 나타날 때까지 평온한 마음은 돌아오지 않는다. 때로는 마냥 기다릴 수가 없어서 억지로 일거리를 만들어 욕실까지 간다. 얼마 전에 이모한테서 전화 왔었는데 내가 말했던가, 내일 도시락은 홍당무 밥으로 싸 줘, 이렇게 하나마나한 소리를 하러 간다. 그런 때 엄마는 이상하다는 표정을 짓고는 첨벙 물소리를 내며 나를 쳐다본다. 마치 욕실 밖은 다른 세계이고, 나는 그 다른 세계에서 불쑥 나타난 낯선 사람이라는 듯이.

"아, 상쾌하다. 너도 얼른 해."

동그스름한 어깨가 붉게 물든 엄마는 냉장고에서 생수병을 꺼낸다. 엄마는 국산 생수를 좋아해서 목욕을 한 뒤엔 항상 컵에 가득 따라 꿀꺽꿀꺽 맛있게 마신다. 엄마가 브랜드를 고집하는 것은 물뿐이다.

"기쿠코."

엄마가 물이 사분의 일만 남은 컵을 테이블에 내려놓고, 텔레비전을 보고 있는 내 등에다 말했다.

"주말에 엄마, 우즈미아에 다녀오려고 하는데."

의논하는 말투다. 무슨 일이든 나는 의논을 싫어한다. 그래서 시큰둥하게,

"그래서."

라고 대답했다. 엄마는 잠시 말이 없다가 다시 물을 마신다.

"목욕이나 할까."

너도 가지 않을래, 라고 할까 봐 얼른 텔레비전을 끄고 일어났

다. 너도 가지 않을래, 그런 말을 들으면 거절할 수 없다는 것을 알고 있었다. 나는 소심해서, 엄마와 아빠에게 상처를 주는 것이 무섭다. 이렇게 사소한 일로도.

"그럼 집 좀 지키고 있어."

뒤에서 엄마가 나직하게 말했다.

12월이 되자마자 기말고사가 시작됐다. 시험 기간 중에는 학교가 일찍 끝나서 좋다.

"끝났는데 뭐. 미련 있어?"

지하철 매점에서 산 딸기 맛 빼빼로 상자를 뜯으면서 유즈가 다케이와 마미코에게 말했다. 홈 여기저기에 같은 교복을 입은 아이들이 서 있어, 지하철이 마치 학교의 일부인 것 같다.

"내일 볼 세계사 시험이나 생각하는 게 좋지 않겠냐."

유즈는 옅은 색 립크림을 바른 매끈한 입술로 말하고, 딸기 맛 빼빼로를 톡톡 잘라 먹는다. 하지만 마미코와 다케이는 아까 끝난 생물 시험지를 손에 들고 머리를 맞대고서 계속 답을 맞추고 있다. 시험에 관한 한 유즈는 달관해 있다. 영어 말고는 절대 성적이 좋은 편이 아닌데 전혀 신경 쓰지 않는다. 영어에 목숨을 걸고 있는 것이다.

"겨울 방학에 어디 갈 거야?"

빼빼로를 한 개 얻고서 내가 묻자, 아니 아무 데도, 라고 유즈가 단정한 옆얼굴로 대답한다.

"너는?"

"……나도."

멀리서 잔잔한 진동과 굉음이 전해지면서 점점 커져 마침내 뜨뜻미지근한 바람과 함께 전철이 홈으로 들어온다.

"아아, 나 오늘 생물 망쳤다."

뒤에서 마미코가 마른 목소리로 말했다.

시험 마지막 날은 종례 시간이 즐겁다. 모두 함께 의자를 잡아당기는 달그락 소리도 즐겁다.

마지막 날 시험은 지리와 현대 국어였다.

양쪽 다 비교적 쉬워서, 답안지를 덮어 놓고 멍하니 창밖을 바라볼 시간이 있었다. 맑게 갠, 좋은 날씨였다. 우리 교실 창문으로는 큰길과 가로수와 신호등과 횡단보도가 보인다. 하늘과, 건너편 건물의 지붕도. 교실은 조용하고, 간간이 헛기침 소리와 연필이 스치는 소리밖에 들리지 않았다. 덮어 놓은 답안지 위에 엎드려 낮잠을 자고 있는 다케이가 보인다. 키가 큰 다케이의 약간 도드라진 등. 내일부터 겨울 방학이다. 아니 진짜 겨울 방학은 아니고 내일부터 종업식과 대청소를 위해 등교하는 날까지 가정 학습 기간인데, 우리에게는 겨울 방학이 시작되는 것이나 마찬가지다.

롯폰기에 있는 이탈리안 레스토랑에서 엄마와 점심을 먹기로 했다는 유즈를 빼놓고 우리 셋은 근처에 있는 케이크 집으로 갔다. 반지하 가게, 창가 자리에 앉으면 반지하인데도 신기하게 햇빛이 스민다. 커다랗고 묵직한 목제 테이블에는 우리 말고 손님이 아무도 없었다. 창밖에는 밝은 하늘색 타일의 계단이 있고, 계단 끝에는 빨간 시클라멘 화분이 놓여 있다.

우리는 우선 물잔을 부딪치며 시험이 끝난 것을 축하했다. 얼음에서 얼핏 먼지 냄새가 났다.

"몇 시에 약속인데?"

내가 묻자, 다케이는 애써 지은 멍한 표정으로 12시 반, 이라고 대답하고는 손목시계를 보았다. 깜찍한 금색 시계. 체육을 잘하고, 인상이 상큼하고 어른스러운 다케이에게 아주 잘 어울렸다.

"좋겠다, 데이트."

마미코가 말한다. 턱을 괴고 있는 손에서 비즈 반지가 반짝거린다. 루미네에서 3백 엔에 산 가는 철삿줄 반지. 끼지는 않았지만 내게도 있다. 내 것은 하얀색이고 마미코는 엷은 오렌지색. 우리 넷 가운데서 남자 친구가 있는 사람은 다케이뿐이다.

우리는 케이크를 먹고, 각자 수첩을 꺼내 놓고 크리스마스 파티 일정을 정했다. 파티는 유즈네 집에서 하기로 했고, 유즈의 일정은 미리 알아 두었기 때문에 우리 셋의 일정만 맞추면 그만이었다. 23일로 정하고 유즈에게는 다케이가 연락하기로 했다.

　"그럼 학교에서 보자."

　저마다 코트와 목도리를 두르면서 말한다. 나는 엄마가 좋아하는 초콜릿 케이크를 샀다.

　닷새 동안의 가정 학습 기간은 평화롭게 지나갔다. 아침에 텔레비전에서 하는 연재소설도 보고 쇼 프로그램도 보고, 엄마가 화분에 물을 주는 모습을 보는 생활. 기분이 내키면 전철로 두 정거장 떨어져 있는 대형 서점까지 자전거를 타고 갔다. 서점에서는 만화와 〈텔레비전 가이드〉와 재미있어 보이는 문고본 『사기꾼 토마의 소설』과 『왕귤나무 꽃』을 사고, 돌아오는 길에는 슈퍼마켓에 들러 저녁 반찬거리를 산다. 엄마는 내가 좋아하는 단호박을 쪄 주었다.

　평소에는 집을 나서는 시간이 너무 일러 보이지 않지만, 날씨가 좋은 날 오전에는 2층 화장실 창문으로 후지산이 보인다. 후지산이 보인다고 좋아하다니 노인네 같지만, 아침의 화장실에서 후지산을 보면 역시 기쁘다. 또렷하고 아름답게 보이는 날에는 엄마와 서로 봤느냐고 확인한다.

"잘 잤니? 너 후지산 봤어?"

"봤지. 새하얗더라."

이렇게.

목욕은 매일 저녁때 했다. 목욕을 하고 나오면 뉴스 프로그램의 음악이 들리고, 밥 짓는 냄새가 난다. 하루를 지내면서 이 시간에 만끽하는 평화는 나를 어린애 같은 기분에 젖게 한다. 그 충족된 느낌, 한편으로 무언가가 결정적으로 빠진 듯한 느낌.

"내일은 학교 가지?"

엄마가 생선을 구우면서 물었다.

"응."

머리를 말리지 않은 채, 나는 냉장고에서 칼피스를 꺼내 물에 섞는다.

"도시락도 싸야 되니?"

생선은 낮에 베란다에 내다 말린 버들가자미로, 조그맣고 살집이 탄탄하고 맛있어 보인다. 엄마와 나는 이 생선을 좋아하는데, 아빠는 별로 좋아하지 않는다.

"아니. 종업식하고 대청소만 할 거니까."

나는 칼피스를 한 모금 마시고, 식탁에 접시를 늘어놓는다. 낮에 마신 찻잎을 버렸는지 찻주전자를 확인하고, 물을 끓여 보온병에 담는다.

"통지표, 기대된다."

엄마가 느긋하게 말한다. 그 목소리에 다른 뜻은 없어서, 나는 할 수 없이 응, 하고 대꾸했다. 생선이 구워지는 고소한 냄새가 난다.

9시 넘어, 아빠에게서 전화가 왔다. 엄마는 벌써 침실로 가고, 나는 내 방에서 잡지를 보고 있었다.

"기쿠코로구나."

나는 아빠와 전화로는 얘기를 잘 못한다. 아빠 역시 마찬가지일 거라고 생각한다. 종종 어색한 틈이 벌어지고 만다.

"아빠야? 오랜만이네."

틈.

"뭐 하고 있었냐?"

"그냥. 잡지 보고 있었어."

"그러니."

틈.

"잘 있어?"

"응."

틈.

"그래."

또, 틈.

"엄마는?"

"잠깐만."

나는 전화를 엄마의 침실로 돌린다. 잘 있냐고 물어서 응, 이라고 대답한 후에 아빠는, 이라고 물을 걸 그랬다고 생각하면서. 우즈미야의 좁은 아파트, 살풍경한 방과 파란 커튼이 떠올랐다.

다음 날 아침 일어나 보니, 엄마는 창틀에 앉아 발치에 있는 고양이를 쓰다듬고 있었다. 구름 낀 하늘. 목에 초록색 목도리를 두르고 마스크로 코와 입을 가린 엄마는 지명 수배범 같았다.

"엄마, 일어나 있었어?"

나도 옆에 앉는다. 마당용 샌들(엷은 분홍색 합성수지로 된 굽이 높은 아줌마 샌들)을 신고 벽 가에 내린 서리를 밟는다.

"아빠, 29일 밤에 온대."

엄마가 말했다. 어젯밤 전화에서 아빠가 알려 주었으리라. 12월의 마당은 나무들이 딱딱하고 차갑다.

"3일까지 여기 있을 수 있나 봐."

고양이가 양말이 얇아 추워 보이는 엄마의 발끝에 열심히 얼굴을 부비고 있다. 엄마는 고양이가 임신을 한 것 같다고 했다. 봐 이렇게 배가 커졌잖아, 엄마는 그렇게 말하는데 나는 잘 모르겠다.

대체 왜 내렸을까.

여자가 전철에 올라탔을 때, 잘 아는 사람을 며칠 만에 만나는 듯한 기분이 들어서였는지도 모르겠다. 만원 전철에 어울리지 않는 그 여자의 세련된 모습에 나는 이미 친근함을 느끼고 있었다. 여고생 같다고 생각했다. 교실에 한 명 정도는 늘 있는 타입의.

그녀의 모습을 확인하고, 읽고 있던 『왕귤나무 꽃』으로 시선을 돌렸는데도 글자가 눈에 들어오지 않았다. 이상하게 생각되겠지만, 나는 싸늘한 손가락을 기다리고 있었다. 불안하게 서 있느니 차라리 일이 벌어지는 쪽이 마음 편하다. 그리고, 그런 일을 당해도 나는 아무렇지 않다는 것을 그녀에게 가르쳐 주고 싶은 마음도 있었다.

프리지어 향이 풍겨, 그녀가 바로 옆에 서 있다는 것을 알았다.

"안녕."

귀에 익은 목소리. 조그만 목소리, 낮고 차분하지만 여유로운 목소리.

"오랜만이네. 벌써 겨울 방학인가 했는데."

나는 놀라서 고개를 들었다. 이 사람이 '안녕'이란 말 외에 다른 말을 하기는 처음이었다. 눈이 마주치자 생긋 미소 짓고는 손잡이로 손을 뻗는다. 가뭇가뭇하게 그은 손목에는 검정 가죽 벨트 손목시계와 금색 팔찌.

"가정 학습 기간이었어요."

나는 말했다.

"그랬구나."

대답을 했다는 것에 나 자신도 놀라고 있는데, 여자는 당연하다는 표정이다. 창밖으로 건널목이 보이고, 상점가가 보이고, 밭이 보인다. 그리고 그 모든 것들 위에 낮게 깔려 있는 잿빛 하늘.

그건 그렇고, 정말 왜 내렸을까. 전철이 늘 그녀가 내리는 역에 도착했을 때, 그녀가 어떤 포즈를 취한 것도 아니었다. 나를 힐끔 보고는 한쪽 눈썹을 살짝 치켜올렸을 뿐.

"15분만 시간 내줄래?"

그리고, 이렇게 말했다.

"밀크 티 사 줄게."

주위 사람들의 움직임이 개찰구로 이어지는 계단으로 빨려 들어간다. 경적 소리와 함께 등 뒤에서 문이 닫히고 전철은 아무 일 없다는 듯 가 버렸다. 구름 낀 하늘 아래, 나도 모르는 새 나는 홈에 서 있었다.

"어머. 정말 내렸네."

여자가 웃으며 말했다.

"절대 안 내릴 줄 알았는데."

머리 위로 치켜올린 선글라스가 그 자리에는 영 어울리지 않는 느낌이다. 나는 뭐라 대답해야 좋을지 몰라, 두 손에 가방을 든 채 가만히 서 있었다.

"하지만, 기쁘다."

정말 기쁜 듯이 말한다. 밖에서 보니, 선글라스를 포함해서 의외로 보통 여자 같아 보였다. 교실에서는 튀어 보이는 아이라도 거리에 섞이면 눈에 띄지 않는 것과 마찬가지리라. 하얀 일자 바지 끝에는 매끈매끈 빛나는 갈색 구두, 그 틈새로 보이는 맨발(!)의 복사뼈, 부드러운 머리칼과 빨간 립스틱.

"걱정되나 보네."

그녀가 그렇게 말했을 때, 나는 왜인지 나도 모르게 아니요, 라고 아주 차분하게 대답했다.

개찰구에서 나오자 아주 가까운 곳에 아파트가 있었다. 역에서 1분. 웬만큼 오래된 듯한 하얀 아파트, 낡아 빠진 엘리베이터가 있다. 입구에서 순간적으로 멈춰 섰다. 아주 잠깐이었는데, 여자는 나의 망설임을 눈치채고는 엘리베이터 안에서,

"괜찮아. 학교까지 데려다줄게."

라고 내 얼굴을 보지 않고 말했다.

엘리베이터가 4층에서 멈췄다. 복도는 어둡고, 난간에는 얇게 먼지가 쌓여 있었다.

문패에는 아키바라고 새겨져 있었다. 열쇠 구멍에 열쇠를 집어넣고 있는 그녀의 등 뒤에서, 나는 아키바, 하고 조그만 소리로 중얼거렸다.

"나야."

여자는 열쇠를 빼내면서 말하고, 문을 열자 들어오라며 나를 먼저 들여보냈다.

거실에는 회색 카펫이 깔려 있고, 깔끔한 하얀 패브릭 소파와 반짝반짝 빛나는 검은 테이블—설 음식을 담는 찬합 비슷했다—이 놓여 있다.

"앉아. 금방 차 끓일 테니까."

여자는 다운재킷을 벗고 팬히터를 켰다. 그리고 세면대에서 손을 씻고서 조그만 냄비에다 물을 끓였다.

"여기 사나요?"

나는 여자의 움직임을 보면서 물었다. 여자가 늘 내리는 역이라서 근무처가 있는 줄 알았던 것이다.

"응."

여자는 선반에서 홍차 잔을 꺼내면서 대답했다.

밀크 티는 부드럽고 뜨겁고 아주 맛있었다. 온몸이 따스해지면서, 동시에 내가 무슨 짓을 하고 있는지 믿을 수 없는 기분이 들었다. 지금 내가 여기에 있다는 것.

"학교는 몇 시부터니?"

여자가 물어, 나는 8시 45분이라고 대답했다. 벽에 걸린 시계가 8시 15분을 가리키고 있었다.

"가자."

여자는 그렇게 말하고 일어서더니 다시 다운재킷을 입었다.

차 안에서 우리는 거의 아무 말도 하지 않았다. 조그만 경차는 거실에 있었던 테이블처럼 검게 빛났다.

"괜찮아. 지각 안 해."

여자가 말하면서 라디오를 켰다. 들으나 마나한 소프트 록이 흘러나왔다. 하늘에는 여전히 구름이 껴 있어 당장이라도 비가 내릴 것 같은데 여자는 선글라스를 끼고 있다.

"하마다야마에 사는 줄 알았어요."

나는 궁금했던 것을 물었다. 하마다야마는 늘 그녀가 타는 역이다.

"남편 집이 거기 있어."

여자가 말했다.

"오래전부터 별거하고 있지만."

그래요, 라고 나는 말했다. 이상하게도 괜한 것을 물었다거나 프라이버시를 침해했다는 생각은 들지 않았다.

매일 아침 출근을 하듯 자기 집으로 돌아오다니 별나다고 생각했지만, 잠자코 있었다.

차는 줄줄이 등교하는 학생들을 앞질러 교문 옆에 섰다. 유즈엄마의 르노처럼. 시간은 8시 37분, 아직 여유가 있었다. 전철을 세 번이나 갈아타는 것에 비해 차를 타고 오니까 놀랄 만큼 빠르다. 도어 록 네 군데가 동시에 열리는 소리가 났다.

"고맙습니다."

내가 말하자 여자는 선글라스를 쓴 채로 미소 짓고는 천만에, 라고 말했다.

"나야말로 고맙지. 즐거웠다."

불현듯, 설명할 수 없는 허전함을 느꼈다. 그녀와 헤어져서가 아니라, 그 시간이 끝난다는 것에. 나는 눈앞에 있는 고등학생들보다 그녀와 보다 많은 공통점을 갖고 있는 듯한 기분이 들었다.

나는 문을 열고 차에서 내려, 종종걸음으로 주변이 기다리는 교문으로 들어섰다.

4

　겨울 방학이 시작되고, 23일에는 유즈네 집에서 크리스마스 파티를 했다. 늦은 점심을 먹고 선물 교환을 한 후, 동네 노래방에서 잠시 놀았다. 맑게 갰지만 바람은 찬 천황의 생일.

　저녁 때, 남자 친구가 데리러 와 다케이는 먼저 가고 나와 유즈와 마미코는 노래방에서 나와 패밀리 레스토랑으로 장소를 옮겼다.

　"아, 맛있다. 목이 따끔따끔하다."

　차가운 진저에일을 빨대로 빨아 마시면서 유즈가 말했다. 두 손을 엉덩이와 의자 사이에 끼고 있다.

　"노래방, 좀 피곤하기는 하지만 속이 후련해져서 좋다."

창밖은 캄캄한데, 가게 안은 이상할 정도로 밝다.

"기쿠코네, 신정에는 아빠 오지?"

마미코가 물었다.

"응. 29일에 온다나 봐."

이런 말을 할 때 나는 다소 곤혹스럽다. 우울한 표정을 지어야 좋을지 기쁜 표정을 지어야 좋을지 모르기 때문이다.

"우리는 또 할머니 집이야."

조금 우울하다는 듯이 마미코가 말했다. 손톱을 기른 손가락에는 늘 끼고 다니는 비즈 반지. 얼음을 빨대로 톡톡 쳐, 달그락 달그락 소리가 난다.

"벌써 별이 떴네."

유즈가 말해, 우리는 창밖을 보았다. 잠시, 아무도 아무 말도 하지 않았다.

평소대로 교복을 입고, 평소대로 전철을 탔다. 엄마에게는 위원회 활동이 있다고 거짓말을 했다. 도중에 약간 후회했지만, 되돌아가지는 않았다. 크리스마스이브.

그러나 그녀는 늘 타는 역에서 타지 않았다. 문득 정신을 차렸을 때, 나는 갈 곳도 없으면서 만원 전철 속에서 흔들리고 있었다. 난방이 들어오는 차내, 눈에 익은 시시껄렁한 광고판.

그녀의 아파트가 있는 역에서 내린 나는 매점에서 밀크 초콜 릿을 사서 벤치에 앉았다. 가방을 무릎에 올려놓고, 두 손을 코트 주머니에 넣는다. 구름이 잔뜩 끼어 있어 춥다.

그냥 돌아가기에는 시간이 너무 이르고, 그렇다고 문을 연 패 밀리 레스토랑이나 찻집을 찾아 나설 기분도 아니었다. 나는 벤 치에 앉아 도착하고 떠나는 전철을 몇 대나 멍하니 바라보았다. 초콜릿을 한 조각 한 조각 입 안에서 녹이면서.

그녀를 만나지 못해 오히려 다행이었다.

나는 만약 오늘 그녀를 만났다면 물었을 말을 떠올리고는, 그 렇게 생각했다. 방학인데 교복을 입고 불손한 질문을 하기 위해 이런 곳까지 오다니, 어디가 좀 어떻게 된 것이다. 만나지 않기를 다행이다.

그렇게 생각하고 있는데, 눈앞에 그녀가 서 있었다.

"안녕."

오늘도 선글라스를 머리 위에 끼고 있다.

"뭐 하는 거야? 이런 데서."

옆에 남자가 서 있었다. 그녀가 입고 있는 길고 검은 다운 코트 가 따스해 보였다.

밀크 티 찻잔에 웨하스가 곁들여 있었다. 찬합처럼 검고 빛나는 테이블.

"오늘은 서두를 일 없지?"

그녀가 말하고, 음악을 틀었다. 외국 곡. 유연하면서도 구슬픈, 지친 듯한 여자의 노랫소리. 나는 소파에 얌전히 앉아 있었다. 이 거실에 잘 어울리는 음악이라고 생각했다.

야마베란 이름의 남자는 그녀의 남편이었다. 중간 키에 마른 체형, 말이 없고 친절해 보였다.

"네 얘기 치하루쨩에게 많이 들었는데, 이렇게 직접 보게 되다니 감격인걸."

남자는 그렇게 말하고서 슬쩍 웃었다. 웃자 뺨에 주름이 생겼다.

"치하루쨩?"

그녀에게 되묻는 꼴이 되고 말았다.

"나."

그녀는 아무런 부끄럼 없이 그렇게 말하고는 정색하고 밀크 티를 마신다.

"아키바 치하루秋場千春, 한 이름에 두 계절이 들어 있잖아. 아마 그 때문에 인격이 혼란스러운 걸 거야."

그녀가 농담을 하듯 말했다.

부부는 친밀감이 넘쳤다. 특히 야마베 씨는 내게 잔뜩 신경을 쓰면서,

"치하루짱, 앨범 좀 보여 주지."

"치하루짱, 우쿨렐레ukulele 좀 쳐 봐."

"치하루짱, 과일이나 먹을까."

라고 이런저런 제안을 하면서 어색한 분위기를 무마하려 애썼다. 마지막에는 제 손으로 커피까지 끓여 주었다.

결혼한 지 12년이라고 한다. 하지만 그 가운데 10년은 별거 상태, 라며 둘 다 웃었다.

결국 나는 목적도 달성하지 못한 채 마냥 오래 눌러앉고 말았다.

"또 놀러 와."

현관에서, 치하루짱은 그렇게 말하며 손을 흔들었다.

"조심해서 가."

야마베 씨도 손을 흔들었다.

엘리베이터 안에서 손목시계를 보자 벌써 오후 1시가 지나 있었다.

아빠가 조수석에 딸기와 유바(湯葉; 두유를 끓일 때 생긴 얇은 막을 걷어서 말린 식품_옮긴이) 상자를 싣고 돌아온 것은 밤 11시가 넘어서였다. 먼저 밥을 먹어 버린 엄마와 나는 주차장에 차를 집어넣는 소리가 나자 현관 밖으로 나갔다.

"어서 오세요."

우리가 말하자, 아빠는 다녀왔노라 말하며 일단은 반가운 듯 웃었지만, 트렁크에서 보스턴백을 꺼내면서는,

"추우니까 둘 다 들어가 있어."

라고 채근하듯 말했다.

"춥다니까. 특히 당신은."

알았어요, 라고 나는 순순히 돌아섰지만 엄마는 여전히 그곳에 서 있었다. 연두색 카디건을 입고, 샌들을 신은 채.

엄마가 저녁을 데우는 사이, 아빠와 나는 소파에 나란히 앉아 있었다. 아무도 보지 않는 텔레비전이 뉴스를 전하고 있다.

"머리가 많이 길었구나."

아빠가 나를 보고 말했다.

"지난번 봤을 때는 몰랐는데."

책상 위에는 신문과 맥주, 그리고 나의 성적표―체육, 수학, 기술, 가정 외에는 꽤 좋다―가 놓여 있다.

"그때는 묶고 있었으니까."

내가 말하자 아빠는 맥주를 한 모금 마시고, 그랬어, 라고 말하고는 또 내 얼굴을 보았다. 그러고는 신문을 들고 펼친다.

"기쿠코, 접시 좀 갖다 놔라."

부엌에서 엄마가 말했다.

언제부터 그랬는지 기억할 수 없지만, 우리 가족은 셋이 모이면 서먹해지고 만다. 다들 왠지 모르게 허둥대고 행동이 부자연스럽다. 엄마와 나, 아빠와 나, 그리고 아마도 아빠와 엄마, 그렇게 둘만 있을 때는 그런대로 매끄러운데.

"가지 접시 어느 건데?"

나는 두 손에 두툼한 타원형 접시와 엷은 하늘색 접시를 하나씩 들고 물었다. 어느 쪽이든 상관없다는 듯이 엄마가 어깨를 으쓱해, 나는 하늘색 접시를 택했다. 뒤에서 아빠가 맥주를 따르는 소리가 났다. 저녁 준비는 거의 다 되었다.

"냄새 좋은데."

아빠의 말이 약간은 형식적으로 들렸다. 아빠나 엄마나 별로 말이 없어서, 셋이 있다 보면 나 혼자 조잘거리게 된다.

"길, 많이 막혔어?"

맥주병을 치우면서 내가 묻자, 아빠는 신문을 보는 채로,

"아니."

라고 대답했다.

"반대 차선은 막히더라만."

아빠는 실제 나이보다 몇 살 젊어 보인다. 비록 젊었을 때부터 머리가 벗겨졌지만 머리칼은 아직 까맣고, 스키가 취미인 덕분에 피부는 늘 가뭇가뭇하게 타 있다. 언뜻 보기에도 창백하고 허약한데 실제로도 몸이 약한 엄마와는 대조적으로.

"식사해요."

엄마가 말하자, 아빠가 식탁으로 자리를 옮겼다.

어렸을 때, 엄마가 아파 누우면 외로웠다. 온 집 안에 우울함이 고였다. 학교에서 돌아와 현관에 들어서면 금방 알 수 있었다. 조바심을 내면서도 나긋나긋한 병의 기척을 나는 아주 민감하게 감지했다.

엄마가 아프다고 아빠가 짜증을 부린 적은 없었다. 회사에서 돌아왔는데 엄마가 누워 있으면 아빠는 마냥 상냥하게 엄마를 대했다. 그런데도 나는 아빠가 짜증을 속으로 참다가 언젠가 터뜨리지 않을까 하고 항상 조마조마했다. 물론 그런 일은 없었다. 아빠는 나와 엄마를 위해 그가 할 줄 아는 유일한 요리인 프렌치토스트를 만들어 주었다. 프렌치토스트와 우유. 내게 그것은 엄마의 병의 맛이었다.

"맛있는데."

아빠는 맥주를 반주로, 데운 밥을 먹으면서 말했다.

우리 집에서는 연말이라고 거창하게 대청소를 하지는 않는데, 올해는 아빠가 무슨 바람이 불었는지 온 집 안의 유리창을 다 닦았다. 혼자서 하루 만에. 나는 왠지 집에 있기가 불편해서 살 것도 없는데 동네 편의점을 기웃거렸다.

겨우 며칠인데, 1년 전까지만 해도 매일 그랬는데, 아침에 일어나면 아빠가 집에 있다는 것이 이상했다. 전근을 가고부터 그렇게 자는 습관이 들었다고는 하지만, 감색 트레이너 차림으로 식탁 의자에 앉아 있는 아빠를 봤을 때는 소스라칠 뻔했다. 그러지 말았으면 좋겠다고 생각했지만 말할 수 없었다. 엄마에게도 아무 말 하지 않았다.

아빠가 신문을 펼치면서, 부드럽고 낮은 목소리로 잘 잤니? 라고 말한다. 아빠와 내가 빵과 달걀을 먹는 동안, 아침을 먹지 않는 엄마는 마당에서 새와 길고양이에게 모이를 준다. 밀크 커피를 마시면서.

밤에 아빠가 집에 있다는 것도 이상했다. 내가 보는 텔레비전을 아빠도 본다. 엄마가 쓰다듬는 길고양이를 아빠도 쓰다듬는다. 아빠가 따분해하는 것 같아 나나 엄마나—아마도 고양이까지—괜히 불안하다. 하지만 엄마가 목욕을 할 때, 아빠와 둘이서 텔레비전을 보고 있으면 가스 온수기 소리가 나도 외롭지 않다.

신정은 살며시 찾아왔다.

우리는 설음식을 마련하지 않는다. 아무도 좋아하지 않기 때문이다. 그래서 현관에 내다 거는 솔가지와 연하장이 새해의 징표다.

"오랜만에 가족끼리 바람이나 쐬고 올까?"

떠들썩한 설 특집 프로그램을 들리지 않을 정도로 볼륨을 낮춰 틀어 놓은 채, 창밖을 내다보면서 아빠가 말했다. 날씨는 아주 좋았다.

그 순간, 어색한 틈이 생겼다.

"어디?"

내가 맥없는 목소리로 묻자 아빠는,

"닛코."

라고 단박에 대답했다.

"닛코?"

나도 모르게 되묻자, 아빠는 어눌하게,

"어, 지난번에 폭포 못 봤잖아."

라고 한다.

"지금?"

그럴 마음은 없었는데, 말투가 묘해지고 말았다.

"아니면 내일이든 모레든. 그냥 생각이 나서 그런 거니까."

지금쯤 아빠는, 그런 제안을 한 것 자체를 후회하고 있으리라.

"어머, 좋겠네."

엄마가 교묘하게 말했다.

"멋지다. 간 김에 하츠모데(初詣; 설날 신사에 참배하는 것_옮긴이)도 하면 되겠네."

화분에 물을 주면서 말한다.

"엄마는?"

엄마가 뭐라고 대답할지는 알고 있었지만, 물었다.

"가고 싶지만 그냥 집에 있을래. 감기 기운이 있어. 둘이서 다녀와."

나는 텔레비전의 볼륨을 올렸다. 아빠의 얼굴을 볼 용기가 나지 않았다.

현관 벨을 눌렀을 때, 그녀가 집에 있으리라고는 생각지 않았다. 1월 1일이니까.

"누구세요?"

그래서 인터폰에서 치하루 씨의 목소리가 흘러나오자 당황하고 말았다. 저, 아 그냥, 하고 무의미한 말을 중얼거렸다. 그런 말만으로도 그녀는 내가 누구인지 안 것 같았다. 그녀가 어머, 하고는 금방 문을 열어 주었으니까.

치하루 씨는 짙은 갈색 풍성한 스웨터에 모스 그린색 스웨이드 바지를 입고 있었다. 머리에는 갈색 가죽 머리띠.

"어서 와."

반갑다는 듯 눈썹을 치켜올리며 말한다.

"설날인데, 반갑네."

"미안해요, 불쑥 찾아와서."

나는 횡설수설했다.

"없을 거라고 생각했는데, 그럼 그냥 가려고, 어……."

들어오라는 소리에 안으로 들어갔다.

"야마베 씨는?"

조심스럽게 묻자, 치하루 씨는 응 금방 올 거야, 라고 대답했다.

"저녁 같이 먹기로 했거든."

집 안에서 맛있는 냄새가 났다. 오랜 시간 찌고 있는 고기의,

짙고 따스한 냄새.

"밀크 티 마실래?"

그녀가 내 눈을 보고 물어 네, 라고 대답하고는,

"10분만 있다 갈 거예요."

라고 결심을 담아 덧붙였다.

"저."

타이밍을 놓치기 전에 얼른, 이라 생각하고 차를 끓이는 그녀를 기다리지 않고 말을 꺼냈다.

"오늘은 물어보고 싶은 게 있어서 왔어요."

그녀가 부엌에서 고개만 돌린 채 나를 빤히 바라보고는, 한 번 웃지도 않고 뭔데, 라고 말했다. 진지한 표정이었다. 하지만 내가 망설이자 우유를 데우는 냄비에 주의를 돌리고는,

"코트라도 벗지 그러니?"

라고 말한다.

나는 코트를 벗어 그녀가 하라는 대로 옷걸이에 걸어 복도에 있는 코트 걸이에 걸고, 하얀 소파에 얌전히 앉아 기다렸다.

몹시 조용하다.

해마다 생각한다. 설날에는 공기가 온 세상의 소리란 소리를 다 빨아들이는 모양이라고.

"새해 복 많이 받으세요."

뜬금없지만, 그렇게 말하자 그녀는 생긋 웃으며, 그래 너도, 라고 말했다.

"나이만 한 살 더 먹었지만."

우리는 잠시 아무 말 없이 차를 마셨다. 오후의 햇살이 집 안 가득 비쳐 밝다.

"저, 처음 전철에서 만난 날, 내 몸에 손을 댔잖아요?"

내가 말하자, 치하루 씨는 동요하는 기색 없이 고개를 끄덕였다.

"그래서, 왜 그랬을까 하고, 그때부터 내내 마음에 걸렸는데, 뭐랄까, 치한 같지는 않았으니까."

치하루 씨의 표정이 바뀌지 않는다.

"그때는 깜짝 놀랐지만, 그런데 모르는 사람이 만지는 데도……."

순간적으로 망설이다가, 과감하게 말했다.

"불쾌하지는 않았어요."

내가 말을 다 했는데도 그녀는 아무 반응이 없다.

"생리적인 혐오감 같은 거, 치한을 만나면 보통은 그런 걸 느낄 텐데."

치하루 씨는 여전히 침묵하고 있다. 고기찜 냄새로 가득한 훈훈한 거실에서.

나는 내 말이 허공에서 맴도는 듯한 거북함을 느꼈다.

"이상한 말 해서 죄송해요."

할 수 없이 그런 말로 마무리지었다.

치하루 씨는 고개를 갸웃거리며 생각하는 몸짓을 보이더니,

"왜냐면."

하고 천천히 말했다.

"왜냐면, 너의 몸이 청결한 형태로 보였으니까."

치하루 씨는 홍차 잔을 보면서 대답한다.

"청결한 형태?"

되물었지만, 그녀는 내 말에는 대답하지 않고,

"치한이지, 그러니까."

라고 고개를 들고 결론짓듯 말했다. 말하고는 스스로 납득한 듯 싱긋 웃는다.

나는 납득이 가지 않았다.

"그렇지 않았는데요."

이의를 달았지만, 목소리가 작아지고 말았다.

"그래도, 치한이야."

치하루 씨는 물러서지 않는다.

"확인해 보고 싶었어, 얼마나 감촉이 좋은지."

나는 홍차를 마셨다.

"그런 느낌은 없었어요."

나는 고집스럽게 되풀이한다. 치하루 씨는 어처구니없다는 듯
웃는다.

"그럼 어떤 느낌이었는데?"

"……"

정겨운 느낌.

나는 마음속으로 말했다. 어렸을 때, 옷 갈아입는 것을 도와주
거나 잠옷을 입혀 주었던 엄마 손의 감촉과 비슷했다.

"저."

대답 대신 나는 다른 질문을 했다.

"치하루 씨는 왜 야마베 씨하고 별거하고 있는데요?"

"……"

이번에는 치하루 씨가 침묵했다. 말없이 내 얼굴을 보고는,

"기억이 잘 안 나."

라고 한다.

"벌써 10년도 더 된 일인걸."

치하루 씨는 속눈썹이 길다. 옆에서 보면 인형 같다.

"아마, 따로 사는 게 편해서겠지."

역시, 하고 나는 생각했다. 싸늘한 손가락이 그 증거다.

"프리지디티frigidity라고 혹시 알아요?"

나는 마음을 굳히고 물었다.

"프리지디티?"

치하루 씨는 어리벙벙한 표정을 짓고는 싱긋 미소를 띠고,

"먹는 것은 아닌 것 같고."

라고 말했다. 창밖에서는 하늘이 해 질 녘 빛을 띠어 가고 있었다.

"불감증."

나는 단적으로 말했다. 치하루 씨는 여전히 어리벙벙한 표정이더니, 마침내 키득키득 웃으며,

"내가?"

라고 물었다.

"혹시, 그런 게 아닌가 하고."

조그만 목소리로 말했다.

"멋지네. 야마베 씨에게 말해 줘야겠다."

지금 그녀는 마음 푹 놓고 조잘대고 있는 것처럼 보인다.

"그런데 왜 그런 생각이 들었지? 내가 치한이 아니라 그 프리 뭐라고 하는 거라고."

나는 불현듯 몹시 슬퍼졌다. 바보 취급을 당한 듯한 기분이 들었다. 치하루 씨는 오히려 흥미롭다는 표정인데.

"미안해요. 무례한 말을 해서. 아니면 됐어요."

나는 그렇게 말하고 소파의 팔걸이를 만지작거렸다. 까끌까끌하고 광택이 있는 하얀 패브릭 소파.

"미안해할 거 없어."

치하루 씨는 목소리에 미소를 담아 말하고, 일어나 부엌으로 가서 다시 홍차를 끓이며,

"하지만 재밌다. 나 오히려 그 반댄데."

라고 여유 있는 목소리로 말했다. 냉장고 문을 여는 소리, 그리고 그것을 닫는 소리가 들린다.

"딸기, 먹을 거지?"

나는 그냥 앉아 있기가 몹시 거북했다. 처음 이곳에 온 날의, 모르는 사람 집에 있는 감각이 되살아났다.

"갈래요."

일어선 나를 치하루 씨는 말리지 않았다.

"한 가지 물어봐도 될까?"

헤어질 때, 코트를 옷걸이에서 벗겨 건네주면서 그녀가 물었다.

"불감증이 뭔지 알아?"

나는 대답하지 않은 채 인사만 하고 밖으로 나왔다.

밖은 바람이 불지 않아 포근하고 산소 농도가 짙은 설날 저녁이었다.

결국 닛코에는 3일 날 갔다.

그렇게 하면 아빠가 운전을 덜 해도 되기 때문이다. 돌아올 때는 혼자서 전철을 타고 오기로 했다.

아침 8시에 집을 나섰다. 너무 일찍 떠난 바람에 닛코를 돌아 우즈미야로 와서 역 앞 맥도널드에서 커피와 애플파이를 먹고 있는데도 점심때가 약간 지났을 뿐이었다. 춥지만 햇살이 환한 오후.

"잘못했구나. 더 따뜻해지면 오는 건데 그랬어."

정말 난감하다는 표정으로 아빠가 말했다.

"밝을 때 가야 된다는 생각에 그만."

노면 군데군데가 얼어 있는 언덕길을 스터드리스studless 타이어와 조심스러운 운전으로 겨우겨우 올라갔는데, 폭포는 얼어붙어 보이지 않았다. 마치 물이 메말라 버린 것 같았다. 산속에는 사람 하나 없고 냉기만 가득했다. 더구나 레스토랑도 설날이라고 문을 닫았다.

"그래도 물 냄새는 나네."

차에서 내려 그 춥고 적막한 공기를 마쉬면서, 나는 무슨 말이든 해야 할 것 같아 그렇게 말했다. 마음속으로는 엄마가 안 오길 잘 했다고 생각했다.

"차에 타라. 감기 걸리면 안 되니까."

아빠는 실망한 듯 말하고는 차에 올라타더니 문 안쪽에 있는 박스에서 지도를 꺼내 펼쳤다.

"다른 폭포 보러 가자."

아빠는 난방을 강으로 틀어 놓고 라디오를 켜고, 껌을 꺼내 먼저 입에 집어넣고 내게도 한 개를 주었다.

"괜찮아. 그냥 돌아가도."

아빠가 좀처럼 지도를 덮지 않아, 나는 눈치를 살피듯 말했다.

"여기가 얼었는데, 다른 곳이라고 안 얼었겠어?"

아빠는 대답이 없다. 한참을 더 지도를 보고는, 한숨을 내쉬며 그렇겠지, 라고 중얼거렸다.

"더 수량이 많은 폭포라면 몰라도."

아직도 미련이 남은 모양이다.

"괜찮다니까."

나는 가능한 명랑하게 말했다. 난방 스위치를 중으로 내린다.

"이 껌, 어째 맛이 좀 이상하다."

엔진을 켜고 아빠가 말했다.

그리고 우리는 우즈미야로 왔다. 도중에 하츠모데를 하기 위해 도쇼궁에 들렀다. 엄마에게 줄 선물로―라기보다 하츠모데를 했다는 증거로―조그맣고 하얀 원숭이 모양 부적을 샀다. 오후 2시, 우리는 맥도널드에서 달리 할 일도 없고 할 말도 없어 밖을 내다보고 있다. 역 주변은 사람들로 북적거리고, 가끔 기모노를 차려입은 여자들도 지나갔다.

테이블이 너무 작아 아빠의 세부가 잘 보였다. 감색 다운재킷의 검정 플라스틱 지퍼, 가는 목과 목울대, 투박한 스포츠용 시계를 찬 손목, 감자튀김의 소금이 묻어 있는 손가락. 옛날에 아빠와 손을 잡으면 그 따스함에 놀라곤 했었다.

"잠깐 들렀다 갈래?"

종이 냅킨으로 입과 손가락을 닦고 아빠가 물었다. 아빠가 사는 아파트에, 란 뜻이다. 내가 짧게 아니, 라고 말하자 아빠는 그래, 라고 대꾸했다.

나는 신칸센을 타고 도쿄로 돌아왔다. 표를 산 후에도 아빠는 데려다주지 않아도 되느냐고 몇 번이나 물었다.

"미안하구나. 폭포 못 보여 줘서."

개찰구에서 헤어질 때가 되자, 아빠는 끝내 그런 말을 하고 말았다.

"아니, 괜찮아."

나는 생긋 웃어 보였다.

신칸센을 타고 가니, 도쿄까지 겨우 45분밖에 걸리지 않았다.

신학기가 시작되고 일주일이 지났다.

아직 치하루 씨를 만나지 못했다. 다른 전철에서 다른 여자―청결한 형태를 한 몸의―를 찾았는지도 모르겠다. 나는 전철이 하마다야마역에 도착하면 늘 창밖을 살펴보았다. 하지만 이제는 가슴이 두근거리지 않는다. 책을 읽는 습관도 정상으로 돌아왔고(지금은 프레드릭 브라운의 『세 난장이』 표지 디자인이 너무 고풍스러워서 그만 사고 말았다. 등표지에는 조그만 고양이 그림이 그려져 있다). 나는 다음에 치하루 씨를 만나면 내가 먼저 안녕이라 인사하자고 마음먹고 있다.

학교에서는 자리바꿈이 있었다. 나는 복도 쪽에서 두 번째 줄, 앞에서 세 번째 자리였는데 창가 쪽 뒤에서 네 번째 자리로 바뀌었다.

교탁 바로 앞자리에 앉게 된 불행한 유즈에게서는 그래도 쪽지가 온다.

기쿠코, 오늘 학교 끝나고 시간 있니?

마미코하고 스케이트 타러 갈 건데.

같이 안 갈래?

공짜 티켓이 있거든.

파란색 가는 사인펜으로 한 자 한 자 또박또박 쓴 깜찍한 유즈의 글씨. '공짜 티켓이 있거든'. 옆에 손가락 두 개로 V를 하고 있는 자기 얼굴이 그려져 있다.

나는 자를 대고 노트 끝을 잘라 내 거기에다 커다랗게 갈게, 라고 써서 유즈에게 전했다.

그날 집에 돌아와 폭포가 얼어 있었다는 얘기를 하자, 엄마는 저런, 이라 말하고는 잠시 있다가 다시 안 됐네, 라고 말했다. 안 됐네. 엄마의 말은 동정심에 차 있었지만, 어딘가 모르게 묘했다.

그리고 고양이가 새끼를 낳았다. 다른 곳에서 낳았기 때문에 아직 새끼들은 보지 못했다. 엄마는, 좀 기다리고 있으면 보여 줄 거야, 라고 한다.

곧 2교시가 끝난다. 창문 너머로 큰길과 횡단보도가 보인다.

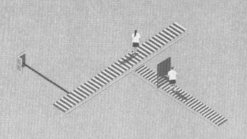

초록 고양이

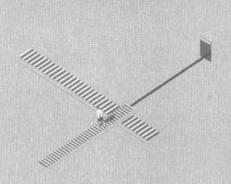

1

에미의 상태가 이상해진 것은 2학기가 시작되고서였다. 물론 누구보다 먼저 내가 알았다. 담임보다 에미의 엄마보다, 그리고 아마 에미 자신보다 먼저. 나와 에미는 서로 마음이 통한다. 적어도 나는 그렇게 믿고 있고, 전에는 에미 역시 그렇게 말했다.

나와 에미는 중학교 입학식에서 나란히 앉은 후 늘 붙어 다닌다. 아침에는 만나서 학교에 가고, 쉬는 시간에도 함께고 도시락도 같이 먹고, 집에 갈 때도 반드시 같이 간다. 필수 클럽 활동인 꺾꽂이도 같이 하고, 이름뿐인 미화 위원회에도 같이 들어 있다. 향은 다르지만 늘 쓰는 립크림의 종류도 같고 좋아하는 양말 브랜드도 같다. 지난 봄 이 고등학교에 입학한 후에도 역시 마찬가

지였다. 선생님들까지, 그렇게 항상 붙어 다니면서 지겹지도 않니, 라고 한다. 지겨울 리가 없다.

나는 그룹이나 동아리 같은 감각을 이해할 수 없다. 친구란 훨씬 개인적인 것이라고 생각하니까. 옛날부터 그렇다. 옛날이란 에미를 만나기 전을 뜻하는데, 나는 그 무렵부터 줄곧 그렇게 생각하고 있다. 요컨대 아는 사람과 친구와는 전혀 다르다고.

그런데, 2학기가 시작되는 9월.

서늘한 날이 계속되었다. 아직 여름 교복을 입어야 하는 시기인데, 성급한 아이들은 스웨터를 걸치기도 했다. 구름 낀 날도 많았고. 첫 변화는 에미가 다소 말이 없어진 것. 에미는 원래가 얌전하고 어리벙벙한 구석도 있기는 하지만, 그때는 멍하게 있느라 못 들었다는 식의, 늘 있는 대꾸 없음과는 달랐다. 뭐랄까, 시간의 흐름이 뒤틀리고, 엉뚱한 곳에서 멈춰 버린다고 할까.

이런 일이 있었다.

방과 후, 우리는 신관의 2층 구석에 있는 화장실—신관 2층에는 교장실과 응접실, 예절실 등이 있어서 화장실이 한산하다. 특히 방과 후에는 아무도 없다. 우리는 아무리 급해도 꼭 여기까지 온다—에서 몸단장을 하고 있었다. 몸단장이란 머리를 빗고 눈썹을 그리고, 양말을 예쁘게 늘어뜨리는 것. 우리는 둘 다 그런 것들에 꽤나 열심인 편이니까. 청소가 끝난 화장실은 깨끗했다. 창문으로 저녁 바람이 불어 들고, 희미하게 살균 소독제 냄새가 났다.

우리는 그때 라이브 얘기를 하고 있었다. 11월에 후생연금 회관에서 열리는 어떤 라이브를 보러 가자는 얘기. 에미가 한마디도 대꾸가 없어서, 그만 짜증난 목소리로,

"듣고 있는 거야?"

라고 말하고는 씹고 있던 껌으로 딱 소리를 냈다. 에미는 놀라는 기색도 없이 나를 물끄러미 바라보면서,

"큰곰이 사람도 먹는대."

라고 말했다.

"큰곰?"

응, 곰, 이라 말하고 에미는 또 입을 다물었다. 나는 한숨을 쉬었다. 그 무렵, 에미와 얘기를 하려면 그래서? 그게 뭐 어떻다는 건데? 그러니까 그게 어떤 거냐고? 이렇게 몇 번이나 말을 채근해야 했다.

"뜬금없이 웬 큰곰?"

내가 묻자 에미는 창가에 선 채로,

"큰곰은 원래 성격이 포악한데, 어떤 큰곰은 고양이랑 친해져

서 고양이가 놀러 오면 자기 먹이를 나눠 준대. 얼마 전에 그런 다큐멘터리를 텔레비전에서 봤어."

라고 했다.

"나, 큰곰이 포악하다는 건 초등학교 4학년 때 담임한테 배웠거든."

이런 때 에미의 얘기는 신기할 정도로 가볍게 옆길로 샌다.

"그 선생님 이름은 다이라인데, 뚱뚱보 아저씨였어. 얼마나 땀을 많이 흘리는지, 여름에는 러닝셔츠 바람에 허리춤에다 하얀 수건을 차고 다녔어."

허걱, 하고 나는 거울에 비친 에미의 얼굴을 보면서 말했다. 나도 모르게 외톨이가 된 듯한 기분을 느끼면서.

화장실 문은 손잡이가 없고 찰칵이 아니라 탁 하고 닫히는 그냥 판자라서, 학생들은 발로 걷어차 여는 것이 보통이다. 에미야 손으로 밀어 여는 소수파지만, 나는 항상 힘차게 발로 걷어찬다. 물론 잘하는 짓은 아니지만. 나도 밖에서는 그러지 않는다. 하지만 교복과 실내화에는 아주 자연스럽게 그렇게 하도록 하는 힘이 있어서, 별 생각 없이 거칠어질 수 있다. 걷어차 여는 순간의 그 쾌감.

복도로 나오자, 문은 우리 등 뒤에서 끼익끼익 시끄러운 소리를 내며 끝없이 앞뒤로 요동했다.

"정말 냄새 지독했었어, 다이라 선생님."

막 내리려다가, 에미가 혼자서 중얼거리듯 그렇게 말했다.

"뭐?"

되물었지만, 에미는 아랑곳하지 않고,

"그럼 내일 전철에서 보자."

라며 싱긋 웃고 손을 흔들면서 아무 일 없었다는 듯이 내렸다. 히비야선 가미야마치역의 오후, 아직은 그렇게 붐비지 않는 홈 으로.

다이라 선생님과 큰곰의 수수께끼가 풀린 것은 그로부터 며칠 이 지나서였다. 11월에 후생연금 회관에서 갖는 후루우치 토코 의 라이브를 보러 가고 싶다고 내가 말했을 때, 에미는 〈피치 멜 바peach melba〉를 마음속으로 흥얼거렸다고 한다. 〈피치 멜바〉는 후루우치의 곡. 가사 중에 '그녀가 떠난 후에는 늘 달콤한 향기 가 풍겼네, 그것은 피치 멜바'란 소절이 있는데, 피치 멜바는 어 떤 향일까, 하고 생각하다가 향수를 사용할 정도니까 어쩌면 체 취가 있을지도 모르겠다(에미는 진지한 표정으로 이 말을 했다)고 생각하고, 땀 냄새가 장난이 아니었던 다이라 선생님이 떠오르 면서 다이라 선생님이 열연했던 포악한 큰곰이 떠오르고, 이어서 텔레비전에서 본 고양이와 곰 다큐멘터리가 생각났다는 것이다.

나는 신관 2층 화장실에서 불과 몇 분 사이에, 혼자서 그렇게 멀리까지 정말 멀리까지 생각을 이어 나간 에미에게 놀랐다.

큰곰이 사람도 먹는대.

그때 에미는 그렇게 말했다. 서쪽으로 기운 햇살과 창문으로 불어 드는 바람을 옆얼굴로 맞으면서.

이런 것은 아주 초기의 증상. 사고가 한없이 허물어진다. 그때는 아무도 몰랐지만 내 마음속에서는 땡 땡 종이 울리고 있었다. 좀 이상하다고 느끼고 있었다. 하지만 그렇다는 말은, 가공의 불안을 현실로 끌어들이는 것 같아 하기 싫었다. 무서웠던 것이다. 지금 말하기를 그랬다고 후회하는 것은 간단하지만, 나는 절대 후회하고 싶지 않다. 희석시키고 싶지 않다. 에미에게 일어난 모든 일을.

그러다 에미는 툭하면 선생님에게 질문하는 아이가 되었다. 수업이 끝나면 교과서를 들고 혼자 교단으로 올라가 한 번 질문이 시작되면 끝이 없었다. 선생님이 뭐라고 대답을 해 주어도 전혀 수긍하지 않았다. 다른 교과서까지 들고 와 반론을 펼치는 에미에게 선생님 모두 진저리를 쳤다. 딱히 숨기지도 않았다.

담임이 이상하다고 여긴 것은 바로 그때쯤이었다. 담임은 내게도 에미에 대해 물었고, 방과 후에 에미를 교무실로 부르기도 했다. 에미의 엄마를 학교에 오라고 한 적도 있었다. 같은 반의 여자아이들─여학교라서 여자아이들뿐이지만─도 민감하게 눈치채고는 에미와 내 주위에 선을 그었다. 나와 에미를 에워싼 선. 그것은 초등학교 시절의 왕따만큼 유치하지는 않았지만 왕따보다 훨씬 깊고 어두운 수렁이었다.

좀 신경이 예민해진 것 같아, 라고 에미의 엄마는 말했다. 모에코, 에미 좀 잘 부탁해. 그 아이 나한테는 아무 말도 안 해, 라고. 에미의 엄마는 집에서 기모노를 맵시 있게 입는 법을 가르치는 선생인데, 그때는 양장 차림이었다. 구관의 충계참에서, 나는 아줌마의 가슴에 꽂혀 있는 브로치─짙은 녹색과 감색 모자이크 같은 무늬의─만 쳐다보고 있었다. 브로치를 보면서 네, 라고 대답했다.

하지만 그 다음은 순식간이었다. 그 누구도 에미를 막을 수 없었다. 그 누구도.

에미는 점점 말이 없어지고, 말이 없다 싶으면 갑자기 말이 많아졌다. 엉뚱한 걱정을 하는가 하면 교복이 더럽지 않은지 하루에도 몇 번이나 확인을 하고, 개미를 밟지 않으려고 땅만 보며 걷기도 했다. 어느 정도 속도로 눈을 깜박거려야 되는지 모르겠다면서 실제로 꽤 오래 눈을 부릅뜨고 있기도 하고, 답답하다는 듯이 대여섯 번 계속해서 깜박거리기도 했다. 그 무렵에는 병원에 다니고 있어서 지각과 조퇴도 묵인되었다.

10월 말쯤, 에미는 반에서 외톨이였다. 모두들 에미를 피했고, 에미가 손을 댄 것은 만지려고도 하지 않았다. 에미의 책상과 교과서에 저질스런 낙서를 갈겨 놓기도 했다. '노이로제'니 '비정상'이니, '세균'이라고. 에미는 그런 낙서를 보면 이상하다는 표정으로 가만히 바라보았다. 이상하다는, 그러나 소름이 끼칠 정도로 암울하고 쓸쓸한 표정으로.

그 무렵 에미는 하얀 것밖에 먹지 않았다. 점심도 밥 조금에 아무 양념도 하지 않은 두부, 우유나 바닐라 아이스크림으로 때우는 일도 있었다(더구나 아이스크림도 바닐라에 검정 알갱이가 들어 있으면 실격이었다. 에미는 아야는 괜찮지만 포숑은 안 된다고 했다(아야와 포숑은 아이스크림 상표_옮긴이)).

추운 겨울이었다. 11월, 추적추적 차가운 비가 내렸다. 거리는 회색이고 온 데가 다 젖어 있었다.

전에도 그랬던 것처럼 주말에는 가끔 에미의 집에 놀러 갔다. 하지만 전처럼 방에서 CD를 듣거나 꿀 넣은 홍차를 마시면서 몇 시간이나 수다를 떠는 일은 없었다. 에미가 그런 일은 의미가 없다고 하기 때문이었다.

"의미가 뭔데?"

에미의 침대에 기대앉아, 발가락에 칠한 은색 매니큐어를 손톱으로 긁어 벗겨 내면서 묻자, 에미는 잠시 생각하고서,

"옳은 것."

이라고 대답했다.

"그렇게 하는 것이 절대적이고 분명하게 옳고, 안심할 수 있는 것."

에미는 내 얼굴을 보았지만, 내가 잠자코 있자 실망한 표정을 드러내며,

"됐어. 모에코는 이해 못 할 거야."

라고 조그만 목소리로 말했다. 그러고는 정말 답답하고 난감하다는 표정을 짓고는 입을 다물고 말았다. 나는 늘 내가 상처를 받은 것인지 에미에게 상처를 준 것인지 몰라 혼란스러웠다. 그 끔찍스런 혼란. 어느 쪽이든 최악이다. 그날, 에미는 나를 버스 정거장까지 데려다주지 않았다. 처음이었다. 현관에서 구두를 신는 내 발톱은, 어젯밤에 바른 은색 매니큐어가 너덜너덜 벗겨져 볼품없었다.

"에미가 몸이 안 좋다면서?"

엄마가 그렇게 물은 것은 11월 중순쯤이었다.

"어떤 식으로 안 좋은 건데?"

아뿔싸, 싫었다. 다투고 싶지는 않았다. 나는 옛날부터 부모가 내 친구에 대해 이러니저러니 말하는 것을 아주 싫어한다. 엄마의 표정이 심각한 것으로 보아 들은 얘기가 많은 듯한 것마저도 성가셨다.

"글쎄, 잘 모르겠는데."

텔레비전에 정신을 팔고 있는 척하면서 대답했는데, 단박에 엄마가 말을 되받았다.

"모를 리가 없잖아! 너희들 온종일 같이 있는데."

엄마의 목소리가 금방 비난조로 바뀐다.

"정신과에 다닌다면서? 그게 보통 일이니? 학교는 제대로 다니는 거야?"

나는 무시하기로 했다. 테이블 위에는 포도, 마시던 녹차가 남아 있는 찻잔, 텔레비전 리모컨.

"넌, 친구가 뭔지 착각하고 있는 거야."

엄마가 눈썹을 치켜올린다.

"친한 것은 좋지만, 둘이서만 만날 붙어 다니는 것은 건전하지 못하다구."

"또 그 소리야?"

넌더리가 났다. 다음 말은 듣지 않아도 알 수 있었다. 초등학교 때부터 똑같은 말을 들어 왔으니까. 모두하고 사이좋게 지내야지. 친구는 많은 게 좋아. 친구도 재산이라구.

유치한 말이라고 생각한다. 엄마는 대체 '모두'를 누구라고 생각하는 것일까. '모두'란 어디에도 존재하지 않는다. 누군가를 따돌릴 때 외에는.

"모에코."

일어선 나를 불러 놓고, 뒤에서 엄마가 말했다.

"에미에게 안부 전해다오. 놀러 오란 말도 하고."

2

　그러나 에미는 끝내 입원하고 말았다. 첫 번째 입원. 면회라도 가고 싶었는데 아줌마가,

　"일주일인데 뭐, 그리고 그동안에는 아는 사람 안 만나는 게 좋아."

　라고 하기에 어쩔 수 없었다. 카나가와 현의 바닷가에 있는 병원이라고 한다.

　나는 날마다 자기 전에 에미를 생각했다. 어두운 병실에서 홀로, 벽과 천장을 멍하니 쳐다보고 있을 에미를.

　에미가 없는 학교에 다니는 것도 고통이었다. 말이 통하지 않는 외국인들 틈에 끼여 있는 듯한 느낌. 어쩔 도리가 없으니까 얌

전히 있는데 교실도, 책상도 의자도 칠판도, 에미가 없으니까 몹시 서먹하다.

방과 후의 화장실도 썰렁하고, 살균제 냄새가 코를 찌른다. 막 청소가 끝나 유난히 깔끔한 회색 바닥. 그런데도 나는 모두가 다니는 화장실에는 가지 않는다. 조그만 창문으로 큰길을 내려다본다. 똑같은 교복을 입은 낯선 아이들이 삼삼오오 짝지어 돌아가고 있다. 나는 허리를 구부리고 양말을 만지작거리고, 머리를 빗는다. 리본 타이를 고쳐 매고 립크림을 바르고, 마지막으로 거울 속에 있는 자신을 이리저리 쳐다보고는 가방을 들고 문을 걸어차고 밖으로 나온다. 콰당, 하는 큰 소리가 나고, 문이 한없이 흔들린다.

에미는 금요일에 퇴원했다. 토요일, 에미의 집에 놀러 갔다. 아줌마가 놀러 오라고 해서다. 벌써 몇 년째 놀러 다니는 장소인데, 몹시 긴장한 나는 역에서부터는 일부러 천천히 걸었다. 작년, 에미와 시부야에서 산 토카TOCCA 코트 주머니에 두 손을 푹 쑤셔 넣고.

일주일 만에 만나는 에미는 야위거나 초췌하지는 않았다. 다만 얼굴은 작고 무표정해진 것 같았고, 옅은 파란색 스웨터에 회색 바지를 입은 모습이 왠지 어린애처럼 보였다.

우리는 2층에서 차를 마셨다. 에미에게 또 묘한 문젯거리가 생겼는데, 그것은 '의식하지 않고는 숨을 쉴 수 없다는 것'이었다.

"그래서 의식적으로 숨을 쉬고 있어."

에미는 그렇게 말하며 이상한 웃음을 흘렸다. 얼굴에 캄캄한 구멍이 뚫린 것처럼 이상한.

에미는 '의식적으로 숨을 쉬다 보면 간혹 리듬이 엉켜서 실수를 한다'는데, 실제로 가끔가다 고통스럽다는 듯 숨을 몰아쉬곤 했다.

"학교는 당분간 쉴 거지?"

내가 묻자, 에미는 이상하다는 목소리로 왜, 라고 되물었다.

"갈 거야, 다음 주부터."

당연한 얘기를 하는 말투.

"정말?"

그렇게 묻는 내 목소리가 반가움보다 의구심에 차 있었다.

"모에."

"응?"

날씨가 무척 좋았다. 창문 아래에 조그만 연못처럼 햇살이 모여 있었다. 짙은 갈색 바닥, 아이보리색 바탕에 옅은 하늘색 꽃무늬가 흩어져 있는 커튼.

"만약에 다시 태어난다면 뭐가 되고 싶어?"

"다시 태어나?"

에미는 진지한 표정으로 고개를 끄덕인다.

"글쎄, 아주 멋진 몸매에, 무서울 것 하나 없는 그런 인생이었으면 좋겠다. 머리도 좋아서 3개 국어 정도는 할 수 있고."

나는 그렇게 말하고, 다시 이렇게 덧붙였다.

"그리고, 역시 멋진 몸매를 타고 태어난 에미하고 친구가 되는 거야."

에미의 표정은 변하지 않았다.

중학생 때, 우리는 장래 계획을 세웠다. 요컨대 꿈 같은 것. 에미는 플로리스트 자격증을 따고 대학을 나와 스물네 살에 결혼, 결혼 후에도 일을 계속하면서 여자아이를 낳고, 비글을 한 마리 키운다. 나는 공부를 별로 좋아하지 않으니까 고등학교를 졸업하면 바로 일을 시작, 그래서 여름 방학 전에 제출한 진로 계획표에도 전문학교 코스를 희망한다고 썼다. 내년부터 에미와는 반이 갈린다. 직종은 무엇이든 상관없으니까 일반 사무직. 취직하면 성실하게 열심히 일해서, 내 생활은 내가 꾸린다. 반드시. 그리고 언젠가 결혼하면, 먼저 결혼한 에미와 이웃해서 산다. 개는 키우지 않는다. 집을 비우면 안 되니까. 대신 아이를 낳아 에미의 아이와 친하게 지내도록 한다.

"그러니?"

멍한 표정으로 에미가 말했다.

"나는 초록 고양이가 되고 싶어. 다시 태어나면."

보라색 눈의 초록 고양이, 라고 말하고 에미는 꿈을 꾸듯 미소지었다. 병원 침대에 누워서도 그 생각만 했다고 한다.

"그 고양이는 외톨이로 태어나 열대 우림 어딘가에 살고, 죽을 때까지 다른 생물과는 한 번도 만나지 않아."

에미는 열대 우림을 어떤 류의 숲이라고 생각하는 듯했다.

그날, 나는 에미네 집에서 점심을 먹고 돌아왔다. 난 생강을 넣고 조린 닭과 밥과 된장국, 에미는 삶기만 한 우동이었다.

월요일, 에미는 약속한 대로 학교에 왔다. 그리고 수요일, 대수롭지는 않지만 사건이 벌어졌다. 에미의 우산이 없어진 것이다. 물론 나는 분노했다. 누가 훔쳐갔는지 뻔했으니까.

반 아이들 모두 에미를 멀리했고, 내게도 선을 긋고 서먹하게 굴었다. 오직 한 사람 예외가 있다면 바로 다카노 씨였다. 하기야 다카노 씨는 반에서 벌어지는 일에 애당초 관심이 없는 사람이고 툭하면 결석을 하니까, 에미의 상태와 주위의 변화를 알아차리지 못했는지도 모르겠다. 아무튼 다카노 씨는 다른 아이들처럼 에미를 피하지는 않았다. 아침에 실내화를 갈아 신으면서 마주치면, 그 사람 특유의 알랑거리는 듯한 말투로 "안녕."이라고 말했고, 시청각 교실에서 에미 옆에 앉으면 "좀 빌려줘."라면서 샤프펜슬이든 지우개든 에미 것을 썼다. 나는 그런 다카노 씨를 제법 괜찮은 아이라고 생각했다. 원조 교제를 한다는 소문도 있지만, 그래도 괜찮은 아이라고.

수요일, 아침부터 비가 내렸다. 나와 에미는 지하철 계단을 다 올라간 참에 다카노 씨와 마주쳤다. 다카노 씨는 반갑다는 듯 눈웃음을 치며 "안녕."이라고 말하고는 자기 우산을 펼쳤다. 피오루치인지 모스키노인지, 아무튼 화려한 무늬의 우산이었다. 그러고는 에미의 옅은 갈색 우산—101마리 강아지 그림이 있는—을 보더니,

"무지 귀엽다."

라고 했다.

아침부터 형광등을 켜 놓은 교실은 눅눅한 비 냄새와 싸늘한 습기로 가득했다. 조회가 시작되기 전, 다카노 씨는 돌아다니면서 아무에게나 말을 걸었다.

"안녕, 유성펜 있어?"

내게도 왔다.

"모에, 모에, 유성펜 없니?"

내 필통에는 샤프펜슬과 지우개와 볼펜과 자밖에 들어 있지 않아서 없다고 말하자,

"어, 그럼 됐어."

라며 웃었다. 에미에게도 물었지만, 에미도 없다고 대답했다. 다카노 씨는 바로 다른 자리로 갔다.

"유즈, 안녕. 너 유성펜 있니?"

다카노 씨가 있던 자리에서 미니 향수 냄새가 확 풍겼다.

점심시간, 오후에 병원에 가야 한다고 조퇴하는 에미가 집으로 돌아가려는데 복도 우산꽂이에 에미의 우산이 없었다. 둘이서 하나하나 살펴보았지만, 역시 없었다. 교실로 돌아와 찾아보았더니, 사물함 위에 다카노 씨의 우산과 함께 놓여 있었다. 옅은 갈색 우산에는 짙은 갈색 유성펜으로 또렷하게, 다카노 씨 미요, 라고 쓰여 있었다.

"기가 막혀서, 대체 무슨 짓이야."

나는 화가 나서 내 자리에 옆으로 앉아, 벽에 기대어 느긋하게 점심을 먹고 있는 다카노 씨를 추궁했다. 다카노 씨는 샌드위치를 손에 든 채 무슨 소리냐는 듯 멍한 표정으로 말했다.

"뭐? 그거 내 우산이야. 이름 쓰여 있잖아. 그 옆에 있는 건 지

난번에 친구한테 빌린 거고. 방과 후에 만나기로 해서 돌려주려고 가져온 거야."

그리고 다카노 씨는 뻔뻔스럽게,

"그럼 에미하고 똑같은 건가 보네 뭐."

라며 눈웃음을 쳤다.

"말도 안 되는 소리 하고 있네. 너 오늘 아침 역에서 만났을 때."

나는 물러서고 싶지 않았고, 서로 치고 박는 사태가 벌어져도 상관없었다. 다카노 씨의 굵게 딴 갈색 머리를 힘껏 잡아당길 생각까지 하고 있었다.

"그러니? 그럼 똑같은 거였나 보네."

에미가 그런 말을 할 때까지는. 그런데,

"미안해, 엉뚱한 소리 해서."

에미는 그렇게 말하고 싱긋 웃고 말았다. 다카노 씨는 눈살을 찌푸리고 피식 웃고는 의자에 슬쩍 걸터앉아 다리를 꼰 자세로 샌드위치를 마저 먹었다.

"왜 그런 말 했어?"

4층에서 계단을 함께 내려왔다. 에미가 신발을 갈아 신는 동안, 분이 풀리지 않은 내가 묻자 에미는 내 얼굴도 쳐다보지 않은 채 괜찮아, 라고 들릴락 말락한 작은 소리로 말했다.

"비상용 우산 있으니까, 괜찮아."

비는 공기를 휘감으며 소리 없이, 한없이 내렸다. 배기가스 냄새가 유난히 짙어지는 이런 비 오는 날조차 바깥 공기는 싱그럽고 달콤하게 콧구멍으로 파고들었다.

"뭐가 괜찮다구. 하나도 괜찮지 않아."

에미는 내게 등을 보인 채 빨간 삼단 우산을 펼친다. 가볍게 힘을 준 두 발에는 눈부시도록 하얀 양말.

"괜찮다고 하잖아."

돌아보는 에미의 얼굴에 짜증이 그대로 드러나 있었다. 아니 짜증이라기보다 혐오에 가까운 표정.

"우산이 뭐 별거라구."

그리고 에미는 가 버리고 말았다. 빗속으로, 혼자서.

나는 상당한 충격을 받았다.

12월은, 암흑.

좋아하는 달인데. 겨울 방학도 있고. 작년까지 에미와 나는 늘 같이 시험공부를 했다. 시험이 끝나면 거리로 놀러 나갔고, 크리스마스 캐럴이 흐르는 거리에서 옷 구경도 하고 차도 마시고, 샘

플 화장품으로 장난을 하기도 하고, 전신 스티커 사진을 찍기도 하고. 시부야 거리를 어슬렁거리다 보면 가끔 남자들이 말을 거는 일도 있었다. 물론 에미와 나는 상대하지 않았지만. 작년까지는 크리스마스 때도 3년 연속 같이 지냈고, 설날에도 해가 바뀌는 0시에 정확하게 전화 통화를 했다. 설날, 에미네는 늘 아타미에 있는 별장에 가는데, "3일에 도쿄로 돌아갈 건데, 나 벌써 모에 보고 싶다."라고 했다. "아타미, 얼마나 따분한 줄 아니. 세뱃돈도 못 받고."라고. 투정을 부리듯 달콤한 에미의 목소리.

그런데 올해는 전혀 그렇지 않았다.

나는 그날 신발장 앞에서 본 에미의 뒷모습과, 어깨너머로 본 빨간 우산을 펼치는 벌건 손—너무 자주 씻어서 파삭파삭 메마르고 벌그죽죽하게 피부가 벗겨진—게다가 돌아본 에미의 소름끼치는 눈이 잊히지 않았다.

우리의 관계는 급속도로 나빠졌다. 그리고 결정적으로 에미는 아침에 만나 학교에 같이 가는 것도 그만두자고 했다. 툭하면 지각하는데 늘 기다리게 해서 미안하다는 이유였지만, 이유 따위 아무래도 상관없다는 것을 에미나 나나 잘 알고 있었다.

"정말 그러고 싶은 거야?"

바보처럼 동요한 나는, 우뚝 선 채 물었다. 나 자신이 몹시 험

악한 표정을 짓고 있다는 것이 느껴졌다. 에미는 살짝 미간을 찌푸리고, 그런 나를 쳐다보며 고개를 끄덕거린다. 우리는 음악실에 있었고, 다른 교실과는 아주 다른 깔끔한 바닥과 반짝반짝 빛나는 책상과 의자, 피아노와 악보가 놓여 있는 선반이 빚어내는 독특한 냄새를 코와 입으로 한껏 숨쉬고 있었다. 형광등의 창백한 빛.

불쑥, 방금 전의 에미의 모습이 떠올라 나는 혼란스러웠다. 노래 시험이 있었다. 한 명씩 피아노 옆에 서서 노래를 부른다.

에미의 노래는 참담했다. 솔직히 말하면 비참함 그 자체. 본인은 숨표가 있는 곳에서 정확하게 숨을 쉴 수가 없다고 초조해했지만, 전혀 그런 수준이 아니었다. 목소리가 들리지 않았으니까. 목소리는커녕 간간이 입을 벌리는 것이 고작이었다. 목을 잔뜩 움츠린 탓에 자세도 나쁘고, 금방이라도 꺼져 들어갈 듯 위축돼 있었다.

물론 아무도 신경을 쓰지 않았지만. 에미란 존재는 이미 그렇게 돼 버리고 만 상태였다. 선생님조차 다른 아이에게 하듯 좀 더 큰 소리로 부르라느니, 자세를 바르게 하라는 등의 주의를 주지 않았다. 그저 피아노 반주만 할 뿐이었다.

"아침에 만나는 정도 가지고 그렇게 심각하게 굴 거 없잖아."

에미가 말했다. 불쾌함과 짜증이 섞인, 그러면서도 어딘가 모르게 겁먹은 말투.

"알았어."

나는 울고 싶은 심정이었다.

"알았어. 아침에 만나는 거 그만두자."

반 아이들이 모두 나간 음악실에 나와 에미만 남아 있었다.

기말시험을 엉망으로 치렀다. 이번만 그런 것은 아니지만. 자랑할 것은 못 되지만 나는 성적이 나쁘다. 성적표를 들고 집에 가면, 엄마는 늘 한숨을 몰아쉬면서, "어쩌야 좋을지 모르겠다. 너 때문에 골치가 다 아프다, 응."이라고 말하기가 일쑤다.

에미도 전 과목 시험을 쳤다. 중간고사 때는 몇 과목 결석을 했기 때문에 나는 그만 해도 다행이라고 생각했다.

아침에 만나지 않게 되면서 우리 사이에는 대화란 것이 거의 없어졌다. 집에 갈 때도 따로 가는 날이 많아졌고(방과 후에도 에미는 화장실에 들르지 않았다. 내가 준비를 하는 동안에 혼자 가 버리곤 했다), 가끔 같이 갈 때도 얘기는 하지 않았다.

그러면서도 가끔 에미의 집에는 갔다. 아줌마가 부르기 때문이다. 학교에서 가까운 탓도 있을 것이다. 지하철로 두 정거장이니까.

"엄마가 오늘 좀 들르래."

"줄 게 있다고 시간 나면 좀 오래."

할 말이 있는 것처럼 다가오는가 싶으면 에미는 그런 말을 전했다. 너무 사무적이라서, 전하는 말에 대해 에미가 어떻게 생각하는지는 알 수가 없었다.

그런 말을 들은 날에는 거의 에미의 집에 들렀다. 하지만 에미는 자기 방에서 나와 보지도 않았고, 1층에서 아줌마와 나, 둘이서만 차를 마시고 과자를 먹는 묘한 정경이 펼쳐진다. 그런 때 아줌마는 굳이 에미를 부르지는 않는다.

"미안하구나. 저 모양이라서."

라고 말할 뿐이다. 아마도 그런 편이 편해서이리라. 아줌마는 레몬을 곁들인 홍차 잔을 건네면서,

"에미는 요즘 학교에서 어떻게 지내니?"

"폐 끼치는 일은 없니?"

라고 내게 묻는다.

아줌마가 줄 게 있다고 한 것은 자연 염색한 손수건("친구가 손수 염색한 거야. 에미하고 똑같은 거다.")이거나, 베이지색 끈("엄마한테 전해 주련."), 누구에게선가 받은 벨기에산 초콜릿("우리 집에

는 먹을 사람이 없으니까.") 같은 것이다.

세밑 거리는 활기차고 시끌벅적한데, 올해는 볼룸의 원피스도 쓰모리 치사토TSUMORI CHISATO도, 나이스 클랍의 바겐세일도 나를 행복하게 해 주지 않았다.

3

　잠시 망설였지만, 결국 0시 8분에 에미의 휴대폰으로 전화를 걸었다. 버릇이라서.

　"새해 복 많이 받아."

　조금은 긴장한 채, 하지만 늘 하던 대로 내가 말하자 에미는 아무 대꾸가 없었다.

　"뭐 하고 있었어?"

　침묵이 두려워 묻자, 에미는 시큰둥하게,

　"억지로 뜨거운 우유 마시고 있었어."

　라고 한다.

　"억지로?"

되묻자, 잠시 틈이 있다가 에미가,

"아니, 그냥 마시고 있었어."

라고 고쳐 말했다.

"그러니."

하지만 미피 컵으로? 라고 묻지는 못했다. 미피 컵은 작년에 내가 에미에게 선물한 것이다. 열다섯 살 생일 선물로. 에미는 러 블리, 라면서 고마워했고, 아타미에서 쓸게, 라고 선언했었다.

"잘 있니?"

나는 물었다. 나 자신도 놀랄만큼 절실한 목소리라서 당황하고 말았다. 에미는 대답하지 않는다.

"3일에 돌아올 거지?"

"……."

대꾸가 없다.

"에미?"

그다음 에미의 말을 듣고 나는 정말 깜짝 놀랐다.

"……보고 싶다."

아주 작은 목소리로 에미는 그렇게 말했다.

"벌써부터 모에 보고 싶다."

물론 나는 아침 첫차를 타고 내려갔다.

에미네 별장은 아타미역에서 차로 30분 거리에 있었다.

"바다는 그리 가깝지 않지만, 주위에 매화나무가 많아서 봄에는 장관이란다."

마중하러 나온 에미 아빠가 말했다.

"이렇게 멀리까지 오게 해서 미안하다."

경사가 심한 꼬부랑길을 구불구불 달리면서 아저씨는 말했다. 상상했던 것보다 꽤 시골이었다. 그런데도 에미의 아빠는 굽은 길을 돌 때마다 꼼꼼하게 깜박이를 켰다. 찰칵찰칵하는 소리가 차 안에 충만했다.

"에미도 너만큼 건강했으면 좋았을 텐데."

혼자 중얼거리듯 아저씨가 말했다. 나는 뭐라고 대꾸하면 좋을지 몰라 잠자코 있었다.

에미의 아빠는 나를 거실로 데리고 들어갔다. 커다란 테이블 한가운데에 아보카도가 세 개 담긴 바구니가 놓여 있었다. 바로 옆 다다미방에는 조그만 텔레비전이 있고, 화면에서는 천황배 축구 결승전이 벌어지고 있었다. 에미는 불안에 떠는 어린아이처럼 보였다.

"어서 오너라."

에미의 엄마는 기모노를 입고 있었다. 엷은 노란색 기모노.

"새해 복 많이 받으세요."

나는 머리 숙여 인사하고, 엄마가 전하라고 준 포도주―적백 포도주가 한 병씩 들어 있는 상자―("선물 받은 거니까 꽤 괜찮은 걸 거야.")를 내밀었다.

떡국을 먹고 아저씨가 자기가 좋아하는 것이라면서 권하는 어묵과 고추냉이와 간장으로 맛을 낸 아보카도를 두 쪽 먹고서야 에미와 나는 해방되었다. 2층으로 올라가 에미의 방 침대에 걸터앉았다. 베란다로 먼 바다가 내려다보였다.

"참 조용하다."

달리 할 말이 없어, 그렇게 말했다. 에미는 반응이 없었다.

"매화가 핀다면서, 봄이 되면."

그렇게 말하고 일어나, 나는 창밖을 보는 척했다. 에미는 여전히 아무 말이 없었다. 갑갑할 정도로 어색했다. 나는 차가운 유리창에 손바닥을 대었다.

"봄이 되면 반이 바뀌겠지. 나는 전문학교 코스니까."

구름 낀 하늘에 까마귀가 날아다닌다.

"미안해."

그때 바로 뒤에서 조그만 목소리가 들렸다. 돌아보니 에미가 미간을 찌푸리고 서 있었다.

"이런 데까지 오게 해서 미안해. 잘 대해 주지도 못해서 미안해."

심장이 터져 나갈 듯 쿵쾅거렸다. 나는 거의 울 지경이었다.

신학기가 시작되자 에미의 상태는 더욱 악화되었다. 표정도 험악해지고, 몸도 야윈 것이 아니라 움츠러든 것처럼 보였다. 때로는 획 하고 뒤를 돌아보면서 그때 거기에 있는 아이에게 시비를 거는 일도 있었다. 왜 그런 눈으로 힐금힐금 보는 거야, 라고.

반에서 자리바꿈이 있던 날, 에미는 두 번째 입원을 했다. 이번에는 장기전이 될 모양이었다. 아줌마는 아마 휴학을 하게 될 것 같다고 했다.

나의 새 자리는 창가에서 두 번째 줄, 앞에서 두 번째. 이 교실 창문에서는 큰길과 횡단보도와 신호등이 보인다. 얼마 전에 모두가 뒤에서 나를 뭐라고 부르는지 우연히 알게 되었다.

'고타로'다. 다카무라 고타로(高村光太郞: 1883~1956, 조각가)에서 따온 모양이다. 하지만 나는 신경 쓰지 않는다.

나는 다카노 씨와 마찬가지로 '단독 행동자'가 되었다. 고등학교를 졸업할 때까지 절대로 친구를 만들지 않을 것이다.

비 오는 날, 다카노 씨는 에미의 우산을 쓰고 온다.

적어도 다카노 씨는 에미를 더럽다거나 세균이라고 여기지는 않는 것이다. 그렇게 생각하자 다카노 씨가 아주 조금은 좋아졌다.

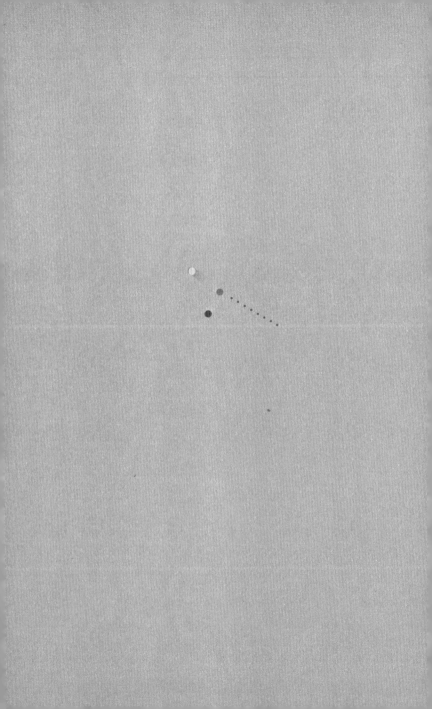

천국의 맛

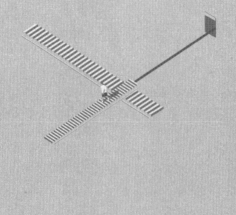

1

크림이 한가득 떠 있는 비엔나커피는 엄마와 내가 아주 좋아하는 것. 차가운 크림과, 그 밑에 있는 따끈한 커피에 입술이 닿는 첫 순간을 특히 좋아한다. 그 부드러움과 온도.

엄마는 오늘, 전부터 눈독을 들여 온 재킷을 샀다. 베이지색에 가까울 정도로 옅은 새먼핑크색 재킷이다. 부드러운 감에, 몸에 꼭 맞게 휘감기는 그 재킷은 우리 엄마에게 아주 잘 어울린다. 아마도 속에다 하얀색 보디스bodice나 오프화이트색 실크 티셔츠를 받쳐 입고, 짙은 갈색 바지를 입으리라.

"슬슬 머리 자를 때가 된 것 같다."

나를 보면서 엄마가 말한다. 엄마는 머리끝이 가지런하지 않은 여자를 싫어한다. '정성껏 손질을 하지 않은' 태가 난다고 한다. 그래서, 나는 늘 반듯하게 손질되어 있다. 오늘은 날씨가 좋다. 이 티 룸에는 앞뜰이 있다. 분수도 보인다.

어제, 다케이의 남자 친구를 만났다. 학교에서 돌아오는 길에 데이비스 쿠키DAVID'S COOKIE―카운터에서 커피를 주문하면 쿠키 한 개를 서비스로 준다. 하기야 커피 값에 쿠키 값이 포함돼 있으니까 서비스로 준다기보다 강제로 파는 것이라고 해야 할 테지만―에서 만나 요요기 공원까지 슬렁슬렁 걸어갔다. 다케이와 다케이의 남자 친구, 나, 그리고 마미코 이렇게 넷이서. 기쿠코는 같이 가자고 했는데 오지 않았다. 왜인지는 모르겠지만 늘 빨리 가고 싶어 한다. 기쿠코는 좋은 아이지만 너무 털털하다고 나는 생각한다.

다케이의 남자 친구는 귀여운 남자였다. 중학교 때 한 학년 선배라는데, 애인보다는 친구 같은 느낌이 컸지만 때로 다케이를 사랑스럽다는 눈빛으로 보았다. 키는 작아도 오래전부터 축구를 하고 있고, 초등학교 때부터 운동회를 무척이나 좋아했겠구나 싶은 타입. 다케이는 그에 대해 조잘조잘 떠드는 아이는 아니지만 그래도 가끔은 얘기하니까, 그럴 때마다 우리가 보여 달라, 만나 보고 싶다고 했는데, 정작 만나고 보니 할 말이 없어 조금은 난감했다. 구름이 잔뜩 끼고 추운 저녁이기도 했고.

공원의 나무들이 노랗게 물들기 시작한, 참, 전부터 생각했는데 왜 노란 잎 하면 가을을 떠올리는지 이상하다. 실제로 노란 잎은 겨울이 되어서야 볼 수 있는데. 11월 말에서 12월 초. 우리 동네에 있는 은행나무 가로수에도 아직은 마른 초록색 잎이 단단히 매달려 있다. 하기야 도쿄가 아닌 곳은 또 다르겠지만. 나는 도쿄를 좋아하고, 도쿄가 아닌 곳은 모른다.

"그 블라우스, 살걸 그랬나 보다."

엄마가 말했다. 아까 나라 카미체Nara Camiciee에서 본 블라우스다.

"어."

나는 이도저도 아닌 대답을 한다. 마음에 들지 않아서가 아니다. 엄마와 나는 취향이 비슷하고, 그 블라우스는 예뻤다. 그냥 살 마음이 없었다. 그뿐인데, 쇼핑하러 와서 그런 말을 하기가 철없고 미안하게 느껴졌다.

"잘 어울리던데."

가느다란 손가락으로 계산서를 집으면서 엄마가 말했다. 그런 말을 들으니 역시 꽤 괜찮은 블라우스였나 보다 싶은 기분도 들어서 나는,

"살걸 그랬나."

하고 코트를 입으면서 말했다. 엄마는 고개를 으쓱한다.

내가 다니는 고등학교는 사립 여자 고등학교로, 가정 환경이 웬만한 아이들이 많다. 엄마와 사이가 좋은 아이들도 많아, 다케이는 매주 엄마와 함께 골프와 중국 요리를 배우러 다니고, 시게미는 내 보물은 우리 엄마라고 공언할 정도다. 나도 상황이 비슷하니까 잘 아는데, 우리에게 엄마란 돈과 안심을 모두 갖고 있는 친구다. 무슨 짓을 하고 놀아도 엄마와 함께면 아무도 뭐라 그러지 않는다. 오늘처럼 학교를 조퇴하고 나와 쇼핑을 하는 것도 가능하다. 엄마는 자상하고, 따로 신경을 쓰지 않아도 되니까 편하다.

티 룸에서 나오자 엄마가 지앙Gien 그릇을 보고 싶다고 해서 트윈 타워에 들렀다가 네거리 반대쪽에 있는 아만도(케이크 체인점_옮긴이) 비슷한 케이크 집에서 아빠에게 줄 케이크를 사 집으로 돌아갔다.

다음 날 아침에는 비 내리는 소리에 잠을 깼다.

올 가을에는 정말 비가 많이 온다. 나는 비 내리는 아침을 싫어한다. 방 안이 어두컴컴해서 일어나고 싶지가 않다. 아까 엄마가 깨우러 와서 커튼을 걷어 주었기에 그나마 좀 낫지만.

옷을 갈아입고 아래층으로 내려가자, 아빠는 벌써 아침을 다 먹고 신문을 읽고 있었다. 아빠는 아침에 일찍 일어나고 자세가 바르고, 성실하고 친절하고 고독하다. 엄마가 내 몫으로 껍질을 깎아 동그랗게 잘라 놓은 키위가 식탁에 놓여 있다. 위화감이 느껴질 정도로 맑은 초록색. 후득 후득 빗소리가 들린다.

"오늘 오후에 영어 수업 있든가?"

홍차를 따라 주면서 엄마가 묻는다.

"응. 읽기 수업."

나는 영어 수업만큼은 절대 빠지지 않는다.

"그럼 내일은?"

내일은 없는데, 라고 대답하고 키위를 한 조각 입에 넣는다.

"미노기치(역사 깊은 교토 요리 전문점_옮긴이)에서 이번 달의 풀 코스 요리 안내장이 왔거든. 엄청 맛있을 것 같더라."

엄마는 부엌에서도 설거지를 할 때가 아니면 앞치마를 두르지 않는다. 싫어하는 것이다, 앞치마를.

"잘 됐네."

나는 말하고, 홍차 잔에 입을 댄다. 아빠는 이런 우리의 대화 따위 들리지도 않는다는 듯 잠자코 신문을 읽고 있다.

비 내리는 날의 교실에 들어서면 왜일까, 유치원 생각이 난다. 유치원에 다닐 때의 불안한 마음. 아침부터 환하게 켜져 있는 형광등 탓인지도 모르겠다.

교실에 들어서는데, 다케이가 얼른 다가와,

"있지, 내키지 않으면 거절해도 아무 상관없는데."

라고 서두를 꺼내 놓고는,

"마사히코 친구 중에 여자 친구 모집하는 애가 있는데, 마사히코가 너를 소개해 주고 싶대."

라고 말했다.

"뭐?"

나는 일단은 놀란 척한다.

"잠깐 만나 보고, 마음에 들지 않으면 할 수 없지만, 그쪽에서도 그 점은 별 상관하지 않는다니까, 마사히코 얘기로는 꽤 괜찮은 애인 것 같아서, 네 생각은 어떤가 싶어서."

다케이는 입장이 조금은 난처하다는 듯 말한다.

"물론, 네가 싫으면 그만이고. 억지로 만나 보란 것은 아니야."

"그러니."

나는 코트와 목도리를 벗어 걸어 놓고 다시 돌아와, 좋아, 라고 말했다.

"알았어. 만나 볼게."

다케이는 안도하는 표정이다. 그에게 체면치레는 했다고 생각하리라.

"정말? 그럼 그렇게 말한다."

다케이는 주머니에서 휴대폰을 꺼낸다. 다케이는 하얗고 가느다란 손목에 늘 가냘픈 금색 시계를 차고 있다.

사실 나는 남자에게 별 흥미가 없다. 즐거운 고등학교 생활을 위해서는 남자 친구 하나쯤 있는 편이 좋겠다고 생각은 하지만, 한편으로는 남자 그 이상은 아니라고 생각하고 있다. 그렇다고 딱히 엄마의 영향 때문만은 아니다.

남녀 공학이었던 중학교 때는 남자 친구가 있었다. 사귀자고 해서 어쩌다 보니까 사귀게 되었고, 집에 돌아갈 때도 늘 함께였고, 밤을 새우고 스케이트를 탄 적도 있고, 키스 같은 것도 했다. 하지만 나는 그 남자애를 좋아하지는 않았다고 생각한다. 집에도 종종 오라고 불렀고, 엄마도 반대하지 않았다(크리스마스 때 나는 그 아이에게 셀린 디온의 CD와 셔츠를 선물했는데, 셔츠는 엄마가 고른 것이었다). 하지만 끝내 푹 빠질 수가 없어, 졸업하기 얼마 전에 헤어지자고 했더니 기념으로 레오타드(몸에 달라붙는 무용복_옮긴이)를 달라고 해서 소름이 끼쳤다.

남자란 아마도 그 정도의 존재이리라. 현실에 〈천연 코케코(소녀 만화_옮긴이)〉의 오사와처럼 멋진 남자가 그리 쉬 있을 리 없다.

　다케이의 남자 친구의 친구라는 것도 별 기대할 거리가 못 된다. 어차피, 그렇고 그런 남자애가 나올 테니까. 그래도 남자 친구를 소개해 주고 싶다는 말이 기분 나쁘지는 않았다. 엊그제는 마미코도 같이 있었는데 다케이의 남자 친구는 마미코를 제쳐 놓고 나를 선택한 셈이니까. 비록 친구용이지만.

　"유즈, 오늘은 어때? 너무 급하니?"

　휴대폰을 손에 든 채 다케이가 물어, 나는 좋다는 표시로 고개를 끄덕인다. 이런 때 괜히 새침을 떠는 것도 좋아하지 않는다. 어차피 내일은 또 엄마와 데이트를 할 테니까.

　3시 반에 데이비스 쿠키에서 만나기로 약속했다. 카운터 스툴에 걸터앉아, 서비스로 나온 쿠키를 먹으면서 기다린다. 이곳은 눈앞이 거울이라 편리하다. 앞머리 모양은 괜찮은지, 교복 타이는 반듯한지, 립글로스의 농도는 적당한지, 남모르게 체크할 수 있다.

　"성이 요시다래."

다케이가 말한다.

"키는 보통이고, 마사히코하고 같은 축구부. 그런데 종종 빠지나 봐. 하기야 그 축구부 별로 세지도 않으니까."

"그러니."

기쿠코나 마미코에게는 이 일이 비밀이라서, 학교에서는 애써 한 마디도 하지 않았다. 축구부라고. 사소한 비밀은 나름의 스릴을 지닌다. 기쿠코하고는 아까 시부야역에서 헤어졌다.

"집은 센조쿠이케 쪽이고."

나는 다케이가 전해 주는 단편적인 정보를 머리 한구석에 입력한다.

남자들은 3시 반에 정확하게 나타났다. 둘 다 니트 모자를 쓰고 있다. 다케이의 남자 친구는 검정 다운재킷에 엷은 갈색의 헐렁헐렁한 바지, 요시다는 청바지를 입고 감색 나일론 윈드브레이커에 검은 자줏빛 목도리를 두르고 있었다.

"안녕."

다케이의 남자 친구가 내게 인사하고, 다케이의 얼굴을 보면서,

"빨리 왔네."

라고 말한다. 보통 키라고 했던 것은 남자들끼리의 의리였군, 이라고 나는 생각했다. 어림짐작으로 165센티미터 정도. 별 상

관은 없지만.

"아, 안녕하세요."

요시다는 제법 예의가 바르다.

"나갈래?"

다케이가 물었다. 우리는 나란히 밖으로 나왔다. 후드득후드득 비 내리는 11월의 시부야 거리로.

춥네, 이 한마디가 나란히 걸으면서 요시다가 뱉은 유일한 말이었고, 정말, 이 내가 뱉은 유일한 말이었다. 걸으면서 나는 앞서 걷는 다케이와 다케이의 남자 친구의 낯익은 뒷모습을 부러워했다. 똑같이 서로 다른 우산을 쓰고 가면서도 재미나게 얘기하며 걷는 뒷모습. 누군가를 부러워하다니, 한심하지만.

2

엄마는 그 재킷을 입고 나왔다. 오늘도 비. 와이퍼가 쉴 새 없이 움직인다.

"차는 참 좋다, 편하고."

어제 생각이 나서 그렇게 말하자, 엄마가 피식 웃었다.

"얘는, 만날 차 타고 다니면서. 무슨 소리니."

어제, 우리는 시부야 HMV(대형 CD, DVD 가게_옮긴이)에 들렀다가, 보디 숍을 구경하고, 파르코까지 걸어갔다. 발은 젖어서 눅눅하고, 우산을 든 손은 뻣뻣하고, 좀 우울했다. 파르코 2층에서 차를 마시고, 남자애들은 아르바이트가 있다면서 가 버렸다. 그뿐이었다.

미노기치는 신주쿠의 고층 빌딩 안에 있다. 엄마와 내가 좋아하는 런치 스폿 가운데 하나. 종업원이 조그만 방으로 안내한다. 도코노마의 꽃병에는 싸리가 꽂혀 있다.

요시다는 이름이 사토루라고 했다. 세 형제 중에 가운데. 목덜미에 조그만 점이 있었다.

"있지, 나."

나는 물수건으로 손을 닦으면서 슬쩍 말했다.

"어제, 남자애 만났다."

한 박자 틈을 두고 엄마가, 그랬어, 라고 대답한다.

"어떤 애였는데?"

테이블 위에는 투박한 찻잔에 담긴 녹차.

"다케이가 소개해 줬어."

나는 요시다의 이름과 사는 곳, 혈액형 ―A형이다― 과 형제 등을 생각나는 대로 말했다.

"그래서? 괜찮았어?"

전채로 나온 감과 깨 버무리를 깔짝거리면서 엄마가 묻는다.

"글쎄, 잘 모르겠어."

흐음, 하고 대꾸하는 엄마의 표정은 여유롭고, 조금은 재미있어하는 투다.

"그냥 남자 친구 하면 되잖아."

견제다. 한심하게도 나는 엄마의 견제에 약하다. 당장 불안해진다.

"그럼 그냥 남자 친구지. 달리 뭐가 있겠어."

생뚱하게 말한다.

"하긴 그렇다."

엄마는 그렇게 말하고 싱긋 웃는다.

창밖에는 여전히 비. 도쿄 거리가 저 멀리까지 뿌연 회색으로 보인다.

요시다에게서 당장 휴대폰으로 전화가 걸려 왔다. 토요일에 만나기로 했다.

"가고 싶은 데 있어?"

요시다가 물었다.

"어디든 괜찮아."

"……그렇게 말하면."

만나자고 할 것이면 갈 데나 정하고 전화하지, 하고 생각했지만 그렇게 말하면 가엾으니까 말하지 않는다. 어쩔 수 없이 같이 생각해 준다.

"놀이공원은?"

"음, 글쎄."

별로 내키지 않는 모양이었다.

"가든 플레이스."

"……글쎄."

화끈하지 못한 녀석. 나는 심통이 나서 잠자코 있었다.

"뭐, 아무튼 만날 장소하고 시간이나 정해 두자."

제법 마이 페이스다.

"……그래."

결국, 오전 11시에 오모테산도역 개찰구에서 만나기로 했다.

금요일에는 방과 후에 기쿠코와 도서관에 갔다. 이제 곧 기말고사다.

"뭐, 기말고사 아직 멀었잖아."

다케이와 마미코는 그렇게 말했지만, 나는 그런 주의다. 그런 주의란, 시험 직전에 밤새우고 싶지 않다는 것.

우리 학교 도서관은 조그맣다. 2층 구석에 있고, 창문으로 가이엔 서쪽 길이 내려다보인다.

우리는 2시간 가까이 말없이 공부했다. 나는 시험 범위에 있는 영어 단어를 표로 만들고, 기쿠코는 일본사 노트를 정리했다. 도서관은 난방도 시원치 않아서 발이 시리다. 책 냄새. 때로 책장을 넘기는 소리.

"유즈, 더 할 거니?"

샤프펜슬의 심을 집어넣는 소리가 나고, 노트를 덮으면서 기쿠코가 물었다.

"응, 갈 거야?"

"응. 장도 봐야 되고."

기쿠코는 종종 장을 보러 간다.

"뭐 살 건데?"

"생강하고 파, 세제."

"그러니. 힘들겠다."

이런 때, 나는 뭐라 말해야 좋을지 몰라 난감하다.

"엄마는 건강하셔?"

사전과 교과서를 정리하면서 물었다. 기쿠코네 엄마는 몸이 약하다. 게다가 부부 사이도 별로 좋지 않은 듯하다. 하기야 우리 집도 그 점에서는 남 얘기를 할 처지가 못 되지만.

"응. 유즈네는?"

"응, 건강하지. 우리 엄마가 그런 사람이잖아."

기쿠코는 후후후, 하고 웃었다.

저녁밥은 늘 엄마와 함께 먹는다. 어렸을 때는 아빠와 셋이서 텔레비전을 보면서 먹었던 기억이 있는데, 그것도 먼 옛날 일. 엄마가 텔레비전을 싫어해서 밥을 먹을 때는 텔레비전을 켜지 않는다. 아주 조용하다.

나는 엄마의 얼굴 너머로 깔끔한 부엌을 보면서 먹는다. 엄마는 열심히 반찬을 만들어 대는 성격이 아니다.

"레나 랑게에서 단골손님 바겐 한다는데, 갈 거지?"

엄마가 물었다.

"응."

나는 애매하게 대답한다. 엄마는 되묻지 않는다. 내 대답은 늘 '간다'라는 뜻이라고 생각하는 것이다. 엄마는 돈 쓰기를 아주 좋아한다. 엄마에게 돈을 쓰는 것은 일종의 복수라고 생각한다. 행복하지 않으니까.

"수요일이 좋겠는데."

나는 그렇게 말하고, 냉장고 문에 붙어 있는 장난감 같은 자석을 바라본다. 갈색 알파벳에 초록색 숫자, 고양이 모양과 꽃 모양. 꽃은 거베라를 닮았고, 시릴 정도로 파랗다. 매혹적일 정도로. 나는 늘, 그 꽃 모양 자석이 엄마를 닮았다고 생각한다.

토요일은 날씨가 흐렸다.

오모테산도역에 나타난 요시다는 지난번과 똑같은 나일론 윈드브레이커를 입고 있었다.

"안녕."

"잘 지냈어?"

어떤 말이든 처음 말은 어색하고 불편하다.

"뭐 할까?"

요시다의 그 말에 나는 맥이 빠진다. 아직 아무것도 정하지 못했단 말이야.

"일단 나가자."

지하철 출구를 가리키면서 요시다가 태평스럽게 말한다.

3

"얼마나 바람이 많이 불었는 줄 알아?"

시청각 교실 앞 복도에서, 히터에 바짝 다가서서 창문에 고개를 기댄 자세로 다케이에게 말했다.

"이리저리 빙빙, 그냥 걷기만 했다니까. 11시에 만났는데 점심도 안 먹고, 토요일 반나절을 걷다가 다 보냈다구."

히터에 엉덩이를 절반쯤 걸치고 창문에 고개를 기댄 다케이는 그다지 놀라는 기색도 없이,

"어."

라고만 말했다. 구름 낀 하늘. 창문으로 운동장의 갈색 흙과 느티나무, 화단과 체육관이 보인다.

"너한테 불평해 봐야 소용없지만."

다케이가 웃는다.

다케이는 키가 크고, 턱 언저리에서는 단정하게 자른 머리가 찰랑거린다. 체육 위원이고, 실내화 뒤축을 늘 꺾어 신는다. 다케이는 때로 아주 어른스러워 보인다.

그런데도 나는 계속 요시다를 만났다. 어찌된 셈인지 만나는 날에는 늘 비가 내렸고, 걸어만 다니는 데이트에 넌더리가 나기도 했지만. 발이 젖어 시려지면 처량한 기분이 든다. 그런 때 나는 곧잘, 엄마의 르노가 쌩하고 데리러 와 주면 좋겠는데, 하고 생각하곤 했다.

12월이 되자 우리 동네 은행나무 가로수도 노랗게 물이 들면서 기말고사 기간이 다가왔다. 생물과 고전 시험이 있는 날, 나는 요시다와 만나기로 약속을 했다.

"끝났는데 뭐. 미련 있어?"

매점에서 산 딸기 맛 빼빼로 상자를 뜯으면서 나는 마미코와 다케이에게 말했다.

"내일 볼 세계사 시험이나 생각하는 게 좋지 않겠냐."

다케이와 마미코는 지하철 홈에서까지 생물 시험지의 답을 맞추고 있다.

"겨울 방학에 어디 갈 거야?"

옆에서 기쿠코가 묻는다.

"아니, 아무 데도."

나는 소리 내어 빼빼로를 먹는다.

"너는?"

"……나도."

굉음과 함께 전철이 홈으로 들어오자 우리 넷의 머리칼이 바람에 날린다.

시부야에서 요시다를 만났다. 늘 똑같은 윈드브레이커, 그런데 오늘은 빨간색이다.

"빨간색도 있네."

내가 말하자, 요시다는 순간적으로 놀란 표정을 짓더니,

"어어, 동생 거야."

라며 피식 웃었다. 창백한 입술 사이로 살짝 이가 드러나 보이는 아주 귀여운 웃음이었다.

"괜찮아? 시험 중인데."

선로를 따라 걸으면서 요시다가 물었다. 나는, 너야말로, 라고 응수했다.

"너야말로 수업도 제대로 안 듣잖아."

"전혀, 상관없어."

요시다가 말했다. 전혀, 라고 나도 말했다. 우리는 동시에 신나는 기분이 들었다(고 생각한다). 그리고 동시에 손을 잡았다.

북풍은 차가웠고, 변함없이 걷기만 하는 데이트―공원을 지나 요시다가 아르바이트할 시간까지―였지만, 즐거웠다.

요시다는 나를 유즈짱이라고 부른다.

기말고사가 끝난 날, 엄마와 롯폰기에 있는 이탈리안 레스토랑에 갔다. 벨리니Bellini로 건배를 한다.

"시험 끝나서 축하한다. 결과는 묻지 않을게."

생긋 웃으며 엄마는 잔을 들어 올렸다. 예쁜 분홍색 액체가 길쭉한 샴페인 잔에서 엄마의 목으로 흘러들어 간다. 나는 엄마 목의 얇은 피부를 좋아한다. 성숙한 여성이란 느낌이 난다. 그리고 약간은 불행한 냄새도.

딱 한 번, 엄마가 우는 것을 본 적이 있다. 귀여워하던 강아지 플라니가 죽었을 때다. 엄마는 하염없이 울었다. 아침에도 밤에도, 눈과 코가 빨개져 있었다. 엄마의 할머니―내게는 외증조할머니―가 돌아가셨을 때도, 2년 동안이나 병석에 누워 있었고 엄마가 도맡아 간병을 했던 할머니가 돌아가셨을 때도 울지 않았는데.

그때 엄마는, 플라니는 엄마를 행복하게 해 주었으니까, 그래서 없으니까 슬픈 것이라고 설명해 주었다. 엄마를 행복하게 할 수 있는 것은 플라니와 너뿐이라고.

야채샐러드와 아스파라거스 소티, 고르곤졸라 리소토에 마늘 스파게티, 디저트로 조그만 슈크림까지 먹고는 나도 엄마도 만족했다.

내일부터는 가정 학습이다.

4

읽기 수, 문법 수, 듣기와 독해 우.

만족스럽다. 예상했던 대로. 성적이 좋은 기쿠코는 다르지만 마미코나 다케이는 성적표를 받으면 항상 호들갑을 떨면서 비탄에 젖는다. 나는 이해할 수 없다. 자기 시험 결과 정도야 스스로도 미리 알 수 있을 텐데.

자랑할 것은 못 되지만 나 역시 성적은 최악이다. 하지만 공부를 하지 않으니 당연한 일이라고 생각한다. 영어만 예외다.

통역사나 번역가가 되고 싶다. 아무에게도 말은 안 했지만. 기술만 있으면 남자에게 기대지 않고서도 살아갈 수 있다.

"유즈, 수학 점수 뭐 받았는데?"

내 수학 실력이 바닥이라는 것을 알면서도 마미코가 묻는다.

"양."

나는 마미코를 안심시켜 주었다.

시부야에서 요시다를 만났다.

12시 반에 데이비스 쿠키. 요시다네 학교는 벌써 겨울 방학, 12시까지 자다가 15분이나 늦게 나왔다.

"미안."

한 손을 들고 절하는 시늉을 한다. 니트 모자 밖으로 튀어나온 머리는 삐죽삐죽.

"왜 이렇게 늦었어."

나는 일부러 뾰로통한 표정을 지어 보인다.

요시다가 스와치 시계를 보고 싶다고 해서 109 백화점 지하에 있는 소니 플라자에 갔다. 이곳은 여느 때든 북적거린다. 한가한 여대생, 잘못 찾아온 거 아니냐 싶은 아줌마도 섞여 있지만 대개는 고등학생이다. 구 할이 여고생. 그것도 죄 못난이들.

둘이서 시계를 본다.

"없다."

요시다가 말한다. 별 모양이 찍혀 있는 판에 테두리가 오렌지색인 것을 찾는다고 한다.

"앗."

그만 소리 내고 말았다.

"왜?"

요시다가 돌아본다.

"고타로."

같은 반 아이 '고타로'가 편지지 세트 코너에 있었다. 물론 '고타로'는 별명이다.

"가 봐."

요즘 알았는데, 나는 요시다의 목소리를 꽤 좋아한다. 나직이 중얼거리듯 작은 목소리. 조금 골이 난 듯한 말투.

"아니, 됐어."

나는 같은 교복에서 눈길을 돌렸다.

"친한 친구도 아니고."

"싫어해?"

라고 요시다가 물었다.

"아니, 별로."

별로 싫어하는 것도 아니다. 세상은 좋아하는 사람과 싫어하는 사람이 아니라, 좋아하는 사람과 이도저도 아닌 사람들로 구성돼 있다.

"그러냐."

요시다는 별 관심 없다는 듯 시큰둥한 목소리로 말한다.

우리는 열 개에 3백 엔 하는 초콜릿 바―코코넛 맛이다. 이름은 테이스트 오브 파라다이스―를 사 들고 소니 플라자에서 나왔다.

집에서 다케이와 마미코와 기쿠코와 넷이서 크리스마스 파티를 했다. 엄마가 호텔 오쿠라까지 가서 사 온 도화림의 중국 음식이 모두에게 호평이어서, 나는 엄마를 위해 안심했다(성격은 강하면서 그런 일로는 금방 풀이 죽는 사람이다, 엄마는). 넷이서 선물 교환을 하고 노래방에서 잠시 놀았다. 노래방은 힘들지 않은 스포츠 감각으로 즐길 수 있어 좋다. 나는 여섯 곡을 불렀다. 마미코는 일곱 곡, 기쿠코는 네 곡. 다케이는 두 곡을 부르고 먼저 가 버렸다. 마사히코가 데리러 와서. 맑게 갠, 그러나 바람 찬 천황의 생일.

밤에 요시다에게서 메일이 왔다.

"내일 시간 있어?"

요시다는 늘 단도직입적이다.

"있는데."

그래서 내 대답도 그렇다.

"그럼 만나자."

요시다가 구사하는 말 중에서 내가 가장 좋아하는 말. 그럼 만나자. 나는 싱글거리는 속내를 눈치 채지 못하게, 아무래도 좋다는 듯,

"그러지 뭐."

라고 대답했다.

다음 날도 이리저리 걷기만 하는 데이트였다. 변함없이 시부야를, 변함없이 요시다와. 도중에 PC방에서 화면을 보면서 오토바이를 타는 게임을 한 번씩 하고, 빔스에 들렀다가 맥도널드에 왔다. 나는 콜라, 요시다는 콜라와 감자튀김과 버거다. 요즘 나는 추위에도 길이 든 모양이다.

엄마와 올해의 마지막 쇼핑을 했다.

엄마는 질 샌더의 세일에 눈독을 들이고 있었고, 나는 구두를 사고 싶었는데 결국은 아무것도 사지 못했다. 엄마와 나는 세밑의 인파와 배기가스와 묘한 구매열에 들뜬 거리를 발이 닳도록 걸어 다녔다. 거리를 좋아하는 것이다, 엄마나 나나.

"아아, 짜증난다."

네거리에서 파란 신호를 기다리면서 엄마가 말했다.

"이럴 줄 알았으면 세일 기다리지 말고 가 버릴 걸 그랬나 봐. 어떤 사람이 사 갔을까, 그 짙은 감색 카디건."

물론, 물건이 있었다고 해도 정말 샀을지는 알 수 없다. 지난번에 봤을 때는 사지 않았으니까.

하지만 나는 그런 말은 하지 않는다. 안타까워하는 엄마 옆에서 같이 안타까워해 준다. 늘.

"역시 쇼핑을 할 때는 결단이 중요해. 망설여진다 싶으면 사야되는 거야, 결국은."

횡단보도를 건너면서 투덜거리는 엄마. 투덜거리면서 프라다 토트백에서 지갑을 꺼낸다. 지갑에서 동전을 꺼내―여전히 투덜거리면서―횡단보도를 다 건너자 자선냄비에 던져 넣는다.

반클리프에 가고 싶다고 한 사람은 엄마였다. 진주조개로 꽃모양을 만든 '화사하고 청초하고 귀여운' 목걸이를 내게 꼭 사주고 싶단다.

"됐어, 괜찮아."

나는 서둘러 사양했다. 말로만이 아니고. 엄마는 한참 고집을 피우더니 내 의지가 굳은 것을 보고는 한숨을 쉬었다.

"정말 예쁜데."

때로는 엄마가 무슨 생각을 하는 것인지 알 수가 없다. 내가 너무 어린 탓이 아니라 엄마가 나이를 너무 먹은 탓이라고 생각한다. 이 둘은 똑같지 않다. 전혀 다른 차원이다. 무언가를 이해하기에 아직 어리다면 언젠가는 이해할 때가 온다. 하지만 무언가를 이해하기에는 너무 늦었다면, 그 사람은 영원히 그것을 이해할 수 없다. 그것은 아주 슬픈 일이다. 아주 아주 슬픈 일이다.

"그럼 비엔나커피라도 마시고 갈까?"

어쩔 수 없이, 엄마가 말했다.

5

새벽 4시에 만나자는 약속을, 한 해의 마지막 날에 했다. 새해 아침에 다른 누구와 얼굴을 마주치기 전에 만나자는 약속.

"괜찮겠어?"

약속을 다 해 놓고서 요시다가 물었다.

"엄마 아빠가 화내지 않을까? 6시로 할까?"

"안 돼. 4시."

나는 말했다.

"나는 괜찮은데, 4시면 아직 어두워."

남자란 이런 때 단호하지 못하다.

"알아."

힐금 쏘아보면서 말하자, 요시다는 포기한 듯 그럼 집 앞으로 데리러 갈게, 라고 말했다.

3시 반에 시계를 맞춰 놓고 잤는데, 3시 조금 넘어 깨고 말았다. 살금살금 옷을 갈아입고 세수를 한다. 캄캄하다.

가슴이 쿵쾅거렸다.

계단을 내려와 엄마 아빠의 침실 앞을 지난다. 나는 숨을 죽이고 마룻바닥에서 소리가 나지 않게 천천히, 한 걸음 한 걸음 조심히 걸었다.

현관에서는 어젯밤 엄마가 꺾꽂이를 해 놓은 수선화 향이 났다. 새해 첫날의 싸늘한 향기.

밖은 춥고, 달과 별이 보였다. 문을 닫는 순간, 두 번 다시 돌이킬 수 없는 나쁜 짓을 하고 있는 듯한 기분이 들었다. 잠든 엄마와 아빠를 버린 듯한 기분.

"안녕."

뒤에서 요시다의 목소리가 들렸다. 돌아보자 길 한가운데 서 있다. 늘 쓰고 다니는 니트 모자. 속에 털이 달린 긴 코트를 입고 있다. 아마도 축구 시합 때 입는 것이리라. 나는 이때만큼 요시다가 친근하게 느껴진 적이 없다. 뜻하지 않은 장소에서 정다운 사람을 만난 느낌.

"안녕."

달려갈 뻔했다. 집집마다 현관의 불빛 아래 새해를 축하하는 장식물이 내걸려 있다.

"참 조용하다."

내가 말하자, 요시다가 고개를 끄덕이고는 내 손을 잡았다.

"따뜻하네."

놀란 목소리가 나왔다. 주머니 속에서 계속 손난로를 쥐고 있어서, 라고 요시다는 말한다. 숨을 들이쉬자, 코와 입 언저리에 싸늘한 기운이 모인다.

우리는 새해 첫날의 주택가를 산책했다.

"아, 추워."

하늘을 올려다본다. 내내 손을 잡고 있었다.

패밀리 레스토랑에서 홍차를 마셨다. 데니스는 새해 첫날의 이른 아침에도 여느 때와 변함없다. 손님도 제법 많았다.

"처음이지?"

자리에 앉자 요시다가 말했다.

"응?"

요시다는 의자에 살짝 걸터앉는다. 무릎이 앞으로 툭 튀어나와 조금은 껄렁껄렁한 자세.

"만나는 거, 올 들어 처음이라고."

물 잔에 입을 대고 말한다.

"……그렇네."

나는 두 손을 엉덩이와 의자 사이에 껴 넣는다. 그렇게 하면 마음이 가라앉으니까.

"새해 복 많이 받아."

내가 말하자,

"올해도 잘 부탁한다."

라고 요시다가 말했다.

홍차 값은 요시다가 냈다. 계산대에서 돈을 치르고 있는 동안 나는 그 옆에 서 있었다. 껌과 백 엔짜리 라이터와 조그만 봉제 인형과 케로케로피 열쇠고리와 세일러 문 장난감 세트 같은 것을 파는 선반을 바라본다.

"아, 푸."

그것은 플라스틱으로 된 조그만 곰 인형 푸였다. 다리를 꾹 누르면 두 팔을 파닥거리며 움직인다. 왼손에는 항아리, 오른손에는 숟가락을 들고 있는 곰 인형 푸는 목에 걸 수 있도록 줄이 달려 있다.

"사 줄까?"

요시다가 물었다.

"응, 아니."

내 대답에 앞서 요시다는 그것을 집어 계산대에 내밀었다.

돌아가는 길, 나는 그것을 목에 걸고 몇 번이나 다리를 꾹 눌렀다. 파닥 파닥 파닥 파닥, 누를 때마다 태엽 감는 장난감처럼 분주한 소리가 난다.

나 자신도 놀랐지만, 나는 그 선물이 무척이나 마음에 들었다. 너무너무 마음에 들어서 바보스러울 정도로 감동했고, 나 이렇게나 외로웠나 하고 생각했다.

평소에는 그리 음식을 만들지 않는 엄마인데 어찌된 셈인지 떡국만큼은 할머니에게 전수받은 간사이 지방식으로, 국물을 내는 것에서 시작해서 정성스럽게 만든다. 그래서 새해 첫날 아침에는 그 냄새에 잠을 깬다.

요시다와는 6시 반에 집 앞에서 헤어졌다. 살며시 문을 열었을 때, 몇 시간 전 집을 나설 때 같은 조마조마함은 없었다.

나는 내 방으로 돌아가 잠옷으로 옷을 갈아입고 다시 잠들었다. 엄마가 깨우러 올 때까지 푹.

봄 학기가 되자마자 자리바꿈이 있었다. 불행하게도 교탁 바로 앞자리에 앉게 되었다. 그 밖의 나의 일상은 여느 때나 변함이 없다. 어제는 요시다를 만났고, 오늘은 학교 끝나면 엄마와 미술관에 간다. 슬슬 기쿠코와 마미코에게도 남자 친구가 생겼다는 보고를 할까 보다 싶다.

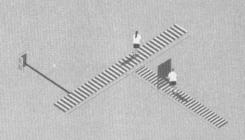

사탕일기

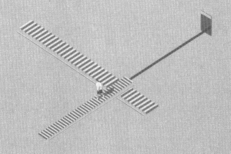

1

언젠가 여행을 떠나리라.

그것은 정해져 있다. 다만 문제는 방법. 폭파냐 자살이냐 살인이냐. 하지만 다이너마이트도 청산가리도 마쓰모토 키요시(대형 약국 체인점_옮긴이)에서는 팔지 않는다.

"카나, 오늘 아르바이트 있어?"

책상에 살짝 걸터앉아, 진지하기 이를 데 없는 표정으로 마스카라를 칠하고 있던 아야가 화장 도구를 화장품 지갑에 담으면서 물었다. 햇볕을 담뿍 받은 방과 후의 교실은 메마르고 나른하다. 활짝 열린 창문으로 스미는 자동차 소리까지 뿌옇게 들린다.

"없는데."

교탁에 앉아 있던 나는 폴짝 뛰어내리면서 대답했다.

"어디 갈 거야?"

"스티커 사진 찍으러 나카메구로에 갈 건데, 같이 갈래?"

"응!"

물론 나는 단박에 대답한다. 바보스럽지만.

"전부 몇 명이서 가는데?"

"유즈하고 다케이하고 마미코에다 나하고 다카기, 그리고 카나."

"오, 예, 아이 언더스탠드."

여섯 명이라. 두 명씩 짝지어 몇 장을 찍고, 세 명씩 두 장. 이거 시간이 꽤 걸리겠는데.

나는 주머니에서 트라이덴트(무설탕 껌_옮긴이)를 꺼내 입에 넣는다. 조그맣고 딱딱하고 마른 이물질의 감촉과, 시나몬 향이 입 안 가득 퍼진다.

여행 계획은 아무도 모른다. 친구도 가족도 '봄망초' 사람들도. 모두들 나를 모르는 것이다. 아무것도 모른다.

봄망초는 찻집 이름. 경양식도 먹을 수 있는 조그만 가게다. 나는 일주일에 사흘 거기서 아르바이트를 하고, 일주일에 닷새 거기서 밥을 먹는다. 밤에는 술도 파는데, 나는 저녁때만 아르바이트를 한다. 가게는 주인아줌마와 낮에는 종업원 야스코 씨, 밤에는 오니시 씨 이렇게 셋이서 운영한다. 볼품없는—아줌마는 끈질기다고 표현하지만—단골손님 말고도 역 앞이라 들르는 손님이 많아 그런지 나름대로 장사가 잘 된다.

봄망초는 아파트 1층에 있고, 나는 같은 아파트의 3층에 엄마 아빠와 남동생과 살고 있다. 맞벌이 부부에다 엄마의 귀가 시간이 늦어 나와 남동생은 봄망초에서 먹고 자란 것이나 다름없다. 내가 가장 좋아하는 것은 새우 도리아, 동생은 제육볶음 정식이다.

봄망초의 주인아줌마는 우리를 무척이나 귀여워한다. 하기야 부부가 둘이서 하던 가게였으니까, 그 무렵—아저씨가 살아 계셨던 시절—의 일을 우리가 기억하고 있어서인지도 모르겠다. 동생인 아키노부는 아줌마를 제2의 엄마로 여긴다.

아니나 다를까 사진을 찍는 데 한참이나 시간이 걸렸다. 사진기 앞에 선 우리는 그야말로 시끌벅적. 그 후에 길거리에서 사진을 나눠 갖고, 나눠 가진 사진을 한 장씩 교환한다. 사진을 떼어내는 손마다 한결같이 긴 손톱.

"카나, 이 사진 무지 귀엽다."

너무 웃어서 눈이 안 보이는 사진을 가리키며 유즈가 말했다. 안 그래도 내 코는 볼에 파묻혀 있는데, 눈까지 없어지면 이목구비의 구별이 정말 없어지고 만다. 햄버거 빵처럼.

"그러니."

"응, 무지무지 귀여워."

유즈는 미안한 기색 없이 고개를 끄덕인다.

"고맙다."

나는 부끄럽다는 식의 표정을 지으며 말했다. 유즈는 좋은 아이다. 생기기도 귀엽게 생겼다. 하지만 이 아이는 내 인생을 모른다.

"카나, 정말 잘 먹는다."

단골손님인 택시 운전사 미부 씨가 말했다. 봄망초의 카운터 자리에서 나는 하이라이스를 먹고 있다. 하이라이스와 콤비네이션 샐러드와 콩소메 스프. 배경 음악으로는 '오버 더 레인보우 Over the Rainbow'가 흐르고 있다.

"난 그렇게 많이 못 먹는데."

히히히, 하고 웃었다. 내가 먹고 있는 것은 오늘의 특선 메뉴이고 양도 그다지 많지 않다. 하지만 그런 말을 듣는 데는 이골이 나 있다. 키 160센티미터에 몸무게가 76킬로그램이나 되니, 모두들 그렇게 말하는 것이다.

"무슨 소리, 한참 먹을 땐데 이 정도는 다들 먹지."

아줌마가 말한다.

"케이크도 있어."

봄망초의 케이크는 맛이 없다. 몇 달이나 냉동고에 처박혀 있다가 나온 것처럼 차갑고 딱딱한 초콜릿 케이크와 치즈 케이크.

"케이크요, 좋죠."

내가 말하자, 미부 씨가 어깨를 으쓱한다.

봄망초에는 송사리가 있다. 사실은 송사리가 아닌데, 나는 줄곧 송사리인 줄 알고 있었다. 꽤 희귀한 열대어류인 것 같다. 꼼꼼히 살펴보면 몸이 투명해서 뼈가 다 들여다보인다. 공명정대하다. 아무리 뚫어져라 봐도 내장은 보이지 않는다. 희한한 물고기다.

송사리는 오니시 씨가 보살핀다. 수족관은 입구 옆에 놓여 있고, 밤에는 불을 켜 놓기 때문에 파랗고 예쁘다. 송사리들은 살랑살랑 잘도 헤엄친다. 나는 모이를 먹는 그들을 즐겨 바라본다. 물속에서 조그만 몸을 반짝이며 소스라칠 만큼 탐욕스럽게 먹는다. 투명한 몸속으로 빨려 들어가는 모래 알갱이만한 모이.

오니시 씨는 키가 크고 마른 아저씨다. 나이는 잘 모르겠다.

내 동생은 마흔다섯 살쯤일 것이라고 한다. 송사리에게 모이를 주는 오니시 씨의 손, 힘줄이 불거지고 쭈글쭈글한 피부와 긴 손가락.

한 번은 오니시 씨에게 책을 빌린 일이 있다. 제목을 보니까 재미있을 것 같아서 빌렸는데, 읽다가 싫증이 나서 그만두었다. 금방 돌려주면 다 안 읽은 것이 들통날 것 같아 두 주일이나 지나 돌려주었다. 『밤의 끝으로의 여행』이란 책이다.

집에 가자 동생은 벌써 들어와 거실에 드러누워 텔레비전을 보고 있었다.

마늘 냄새가 났다.

"또 대왕에 갔었어?"

나는 동네에 있는 라면집 이름을 말한다. 동생은 거의 늘 그곳에서 저녁을 먹는다.

"응. 한짱 라면하고 만두."

그러고는 밤참으로 또 라면을 먹곤 하니 라면이 여간 맛있는 게 아니리라. 동생은 중학교 3학년에 농구부 선수이고, 누나를 닮지 않아 말라깽이다.

나는 내 방으로 들어가 옷을 갈아입고 수첩을 펼친다. 일기를 쓰는 것은 초등학교 5학년 때부터 계속된 습관이다.

유즈에게 파란 사탕 하나.

아야에게 은색 사탕 하나.

오니시 씨에게 은색 사탕 하나.

미부 씨에게 검정 사탕 하나.

오늘 일기는 네 줄, 나는 수첩을 덮고 부엌에 가서 커피 메이커 한가득 커피를 끓인다.

현관에서 소리가 났다. 엄마다. 한 짝씩 구두를 벗는 소리가 나니까, 알 수 있다.

"어서 와, 엄마."

커피포트와 머그컵을 들고 현관으로 나갔다가 내 방으로 돌아온다.

"그래, 다녀왔다."

투피스 차림의 엄마가 내 등에다 말한다.

"별 일 없었니?"

"응."

이라 대답하고 돌아보면서 나는 씩 웃는다.

"저녁은 먹었고?"

"먹었어. 봄망초에서."

엄마는 저녁을 거의 먹지 않는다. 맥주를 마시고, 안주거리

로 청경채 볶음이나 살짝 말렸다 구운 생선을 약간 깨작거릴
뿐이다.

"아키노부는?"

"거실."

"그러니."

좁은 복도를 걸어가는 엄마의 짙은 회색 스타킹에 감싸인 장
딴지가 내 눈에 각인되고 만다. 어째서인지.

방으로 돌아와 시계를 보니 9시 40분이었다. 구석에 놓여 있
는 바구니에서 과자를 두세 개 꺼낸다.

우선은 〈북쪽 나라에서〉를 재방송으로, 그리고 〈신 사랑의 폭
풍우〉를 본다. 〈신 사랑의 폭풍우〉는 낮에 하는 멜로드라마인데,
요즘 재미있게 보고 있다. 밤에 하는 프로그램 세 편―〈합승〉과
〈풋스마〉와 〈CDTV〉―을 보고 마지막으로 〈세계의 이모저모〉
를 본다. 〈세계의 이모저모〉는 아주 좋아하는 프로그램이라서,
보존용 테이프에 녹화한다.

내 방에는 텔레비전 한 대와 비디오 두 대가 있다. 비디오는 거
의 하루 종일 틀어 놓고 있다. 밤, 커피를 마시면서 비디오를 보
는 순수한 행복. 보는 동안에도 다른 한 대로 녹화하는 테이프를
바꿔 넣곤 하니까 꽤 분주하다.

"북쪽 나라에서, 되게 눈물 나네."

나는 부르봉 과자 화이트 롤리타를 깨물면서 혼자 중얼거린다.

2

하루 종일 비.

비 오는 날의 봄망초는 끔찍하도록 음울하다. 눅눅한 냄새가
나고 입구에 깔려 있는 와인레드색 매트는 확대되어 보인다. 나
는 와인레드란 색을 싫어한다. 보고 있으면 속이 메슥거린다.

"야스코 아줌마, 우산꽂이 보지 말고 대답해요. 지금 여기 있는
손님은 네 명입니다. 그중에 비닐우산을 쓰고 온 사람은 몇 명일
까요?"

"두 명."

"안됐습니다! 세 명이었습니다. 아, 아직 보면 안 돼요, 비닐우
산의 색깔은?"

야스코 씨는 콧잔등을 찌푸리며 웃는다.

"미안하지만 보고 말았네요. 투명한 거 두 개하고 파란 거 하나."

야스코 씨는 늘 머리를 한 가닥으로 묶고 검정 계열 옷차림에 베이지색 립스틱을 바르고 있다. 나이는 서른한 살. 얼마 전에 물어보았다.

잘 먹었습니다, 란 소리가 들리고 양복 차림의 아저씨가 일어선다.

"감사합니다."

아저씨가 계산대에 다다르기 전에 나는 계산대 안쪽에 벌써 들어가 있다. 몸이 가벼운 것이다. 겉보기보다 훨씬.

카나는 성격도 명랑하고 일도 잘 하니까, 결혼하면 잘 살 거야, 라고 아줌마는 말한다. 그렇죠, 라고 동의를 구하면 단골손님들은 대개 암, 그렇고말고, 라면서 고개를 끄덕인다.

그런 날이면 나는 아줌마와 단골손님에게 검정 사탕을 잔뜩 선사한다.

사탕은 독약. 지금은 그저 수첩에다 달아 놓을 뿐이지만.

파란 사탕은 가벼운 독, 가벼운 벌을 주기 위한 것이니까 아마도 미미한 두통과 구역질 정도. 검정 사탕은 독한 독, 죽음에 이르는 독이다. 지금까지 사탕일기를 쓰면서 몇 명이나 독살했는지 모른다. 한 명을 몇 번이나 죽인 적도 있다. 몇 번이고, 몇 번이고, 반복해서.

비는 밤이 되어도 그치지 않았다. 싸늘한 비. 이런 날은 봄망초에서 집까지 엘리베이터가 놓여 있었으면 좋겠다. 삼면의 벽에 회색 카펫이 붙어 있는 엘리베이터.

〈북쪽 나라에서〉와 〈신 사랑의 폭풍우〉를 보고, 음악 프로그램을 한꺼번에 정리했다. 〈뮤직 스테이션〉, 〈헤이! 헤이! 헤이!〉, 〈FUN〉, 〈둘만의 빅 쇼〉에서 〈유행음악〉까지. 마지막으로 〈세계의 이모저모〉를 보고 스위치를 끄자 새벽 3시가 넘어 있었다.

거실에서 슬쩍해 온 아빠의 하이라이트를 베란다에서 피웠다. 빗소리를 들으면서 담배를 피우면 귀도 허파도 심장도, 젖어드는 기분이 들어 좋다.

그 다음 날에도 또 비가 내렸다.

학교에 가 교실에 들어서는 순간 다카노 씨가 다가와,

"안녕. 너 유성펜 있니?"

하고 물었다. 다카노 씨는 대하기가 불편하다. 예쁘게 생긴 애만 좋아하니까. 여자들끼리 있으면서 유독 예쁘게 생긴 아이만 좋아하는 사람이 있다. 다카노 씨는 그 전형.

"아니, 없는데."

다카노 씨는 걸음걸이가 묘하다. 발소리를 내지 않고, 둥실둥실 오르내리는 느낌.

"카나, 오늘 시간 있어?"

바로 옆에서 소리가 나, 고개를 돌리자 아야가 서 있었다.

"쇼핑하러 갈 건데, 같이 갈래?"

"그래, 좋아. 뭐 살 건데?"

"응, 좀."

아야는 짙은 색 파운데이션을 바르고 있고, 긴 머리는 과감한 밝은 갈색이다. 전혀 미인이 아닌데 엄청 열심히 화장을 한다. 하기야 눈썹을 밀어 버려 화장을 안 하면 얼간이 같은 얼굴이니.

"다른 애는 같이 안 가?"

알고는 있지만 그래도 물어보았다.

"왜? 나하고 너만 가는 건데."

"알았어. 같이 가 줄게."

"그럼, 방과 후에 보자."

아야는 그렇게 말하고 재빨리 가 버린다. 캘빈클라인 향수 냄새를 남기고.

아야와 나는 좀 묘한 식으로 사이가 좋다. 서로 도시락을 같이 먹는 친구들도 다른데, 개인적으로는 그런대로 친하다. 나는 아야를 조금은 바보 취급도 하지만 동시에 아주 존경하기도 한다. 바보 취급하는 까닭은 얼굴도 별로고 머리도 별로여서지만, 존경하는 까닭은 아야가 무모하게도 자신의 힘—그것이 어떤 것이든—에만 의지해 살기 때문이다. 아야는 기대란 것을 품고 있지 않은 듯 보인다. 애당초, 전혀.

오후가 되자 비가 그쳤다. 청소가 끝난 교실에서 아야가 정성스럽게 화장을 하는 동안, 나는 사물함에 올라앉아 기다렸다. 볼링 핀 같은 다리를 덜렁거리면서.

우리 교실 창문으로는 특별한 것이 보이지 않는다. 큰길과 자동차와 신호등, 건너편에 서 있는 어떤 종교 단체의 빌딩. 빌딩 옆에 조그만 음악 스튜디오가 있어, 간혹 연예인이 들락거린다. 우리는 선생이 화를 내는데도 아우성을 지르면서 창문으로 모여든다. 비 그친 하늘은 회색이다.

"많이 기다렸지."

아야가 말했다. 나는 사물함에서 뛰어내린다.

우리는 지하철을 타고 히비야로 갔다. 아야가 사고 싶은 것은 입생로랑의 백, 모양도 크기도 벌써 정해 놓은 모양이다.

"손잡이가 사슴뿔로 돼 있어, 귀엽겠지? 옅은 베이지에 검정을 조화시킨 것도 예쁘고, 차분한 색 옷 입고 들면 무지 귀여울 것 같지 않니?"

아야는, 귀엽지 않니, 를 연발한다.

입생로랑의 점원은 예의는 바랐지만, 노골적으로 너희들이 올 데가 아니라는 눈빛을 띠고 우리를 보았다. 아야가 사고 싶은 물건을 가리키자, 선반에서 내려 보여 주기는 해도 권하지는 않았다. 아야는 백을 들고 거울 앞에 서서 몇 번이나 귀엽지 않니? 라고 물었다. 나는 가게 안을 어슬렁거리면서 물을 때마다 귀엽다고 대답했다. 브랜드 상품에는 별 관심이 없지만 값비싼 것을 진열해 놓은 가게라 그런지 좋은 냄새가 난다고 생각했다. 호텔 같은 냄새.

아야는 그 백을 샀다. 점원은 백을 우선 부드러운 헝겊 주머니에 담아 상자에 넣고, 그 상자를 다시 쇼핑백에 담아 주었다. 엄청나게 큰 쇼핑백이다. 10만 2천 9백 엔이었다.

우리는 같은 건물에 있는 살롱 드 떼에 들러, 아야는 홍차 나는 커피를 주문했다. 소파 옆에는 입생로랑 쇼핑백이 있다.

"좋겠다. 사고 싶은 거 사서."

나는 엉덩이를 움찔거리면서 말했다. 소파에 앉을 걸 그랬다. 의자가 너무 작아 답답하다.

"응, 귀엽지? 역시 입생로랑이란 말이야."

아야는 감동스럽다는 듯이 말한다.

3

여행에 대해, 처음 힌트를 준 사람은 오니시 씨였다.

"내가 스물일곱 살 때 여동생이 죽었거든."

송사리에게 모이를 주면서 느닷없이 그런 말을 했다.

"교통사고였어, 운전은 내가 하고 있었고."

내가 이상한 소리를 내고 말았던 것을 기억하고 있다. 꺅인지 헉인지. 농담으로 여길 마음은 없었는데, 그만 입에서 나오고 말았다. 오니시 씨는 피식 웃었다.

"그야말로 꺅이었지. 어머니는 거의 실신 상태였고."

수족관 위에서 긴 손가락이 플라스틱 계란 스푼을 흔든다. 모래 알갱이 같은 모이가 토독토독 떨어진다.

"안이하게 들릴지도 모르겠지만, 그때 나도 동생하고 같이 죽었던 거야."

오니시 씨의 표정은 온화하고, 목소리에는 미소마저 담겨 있었다.

"일단 한 번 죽은 후에 다시 사니까, 야, 그거 편하던데."

오니시 씨가 늘 너무도 온화해서, 고민이나 화가 나는 일은 없느냐고 물었을 때 일이다.

일단 죽은 후에 다시 산다.

그 말이 나의 뇌리에 또렷하게 각인되었다. 일단 파괴한다는 것. 나 자신은 물론 주위까지.

하지만 동시에 나는 알아 버렸다. 파괴하면 돌아갈 장소가 없어진다는 것을. 이런 곳에서 일하면서 여름휴가 때나 설날 때나 홀로 아파트에서 지내고, 아르바이트하는 여고생에게 친구 대접이나 받는 오니시 씨처럼.

여행은 파괴의 결과이다.

일주일 치 '위성 만화 극장'을 체크한다. 〈틴틴의 모험〉, 〈비밀의 앗코짱〉, 〈미래 경찰 우라시만〉 등. 비디오를 보면서 영어 시험 범위 내에 있는 단어를 표로 정리한다. 이제 곧 기말고사가 다가오니까.

목욕을 하고 일기를 쓴다.

아야에게 은색 사탕 하나.

오니시 씨에게 은색 사탕 하나.

아빠에게 검정 사탕 하나.

아빠의 죄는, 아까 목욕탕 앞에서 마주쳤을 때 술에 취해 이런 말을 한 것.

"더 조심조심 걸어라. 너는 그냥 가만히 있어도 바닥에 무리가 가니까, 주의해."

농담 삼아 뱉은 말인지도 모른다. 아니 어쩌면 몸집이 작은 아빠가 내게 겁을 먹었는지도 모르겠다. 어느 쪽이든 마찬가지지만.

아빠가 내게 숨이 턱 막힐 것 같다는 말을 한 적이 있다.

"여름에 너 같은 녀석이 옆에 있으면 정말 숨이 턱 막힐 것 같다. 내 몫까지 공기를 들이쉬는 것 같다구."

그때는 아빠에게 검정 사탕 쉰 개를 선사했다. 용서하지 않겠다고 생각했고, 앞으로도 절대 용서할 마음이 없다.

"카나."

노크 소리에 이어 엄마가 얼굴을 들이밀었다.

"아직도 비디오 보니?"

하도 빨아 대서 찍 늘어난 듯한 얇은 메리야스 속옷을 입고 있다. 칙칙한 피부는 영양 크림을 찐득하게 발라 번들거리고, 조그만 눈은 졸린 듯 움푹 꺼져 있다.

"아니, 이제 자려고 했어."

"또 군것질이니?"

엄마는 성큼성큼 방 안으로 들어와 어깨를 움츠리고 팔짱을 끼면서 어이없다는 듯이 말한다. 책상 위에 있는 밀크 맛 홈런볼을 본 것이다.

"어, 그냥 좀."

나는 어색하게 피식 웃는다.

"그만 자거라."

엄마는 말하고 팔꿈치를 긁으면서 나갔다.

"여자 씨름꾼도 아니고, 조금은 신경을 써야지."

돌아보지도 않고 그런 말을 흘리며.

학교에 가는 전철 안에서, 나는 늘 음악을 듣는다. 문과 좌석 사이 틈에 서서 가방을 발치에 내려놓고. 워크맨은 코트 주머니 속에 들어 있다. 목에 둘둘 만 옅은 분홍색 목도리에 입도 코도 파묻히도록 고개를 숙이고 있다. 집에 돌아가는 전철 안에서도 그렇다. 자리가 비어 있어도 앉지 않는다.

목도리는 같은 것을 두 개 갖고 있다. 번갈아 하고 다니면서 코를 묻었을 때 세제 냄새가 나도록 종종 빤다.

그러고 있으면 굉장히 안심이 된다. 주위에 아무리 사람이 많아도, 그러고 있으면 나만의 세계에 있는 셈이다. 이어폰에서는 스피츠Spitz가, 다시는 놓지 않을 거야, 당신은 내 모든 것, 이라고 내 귀에만 속삭인다.

점심시간, 옆 반의 요시다가 와서 조그만 리본이 달린 봉투를 주었다. 케이크 가게 르 쁘로떼의 봉투다. 지난주에 〈SMAP×SMAP〉를 녹화하고 싶었는데 못했다고 하기에 내가 녹화해 놓은 것을 빌려주었다.

"어, 이런 거 안 줘도 괜찮은데."

봉투 안을 들여다보니 마들렌이 세 개 들어 있다.

"그냥 고맙다는 표시야."

요시다가 미소짓는다.

"너, 찻집에서 아르바이트 하지?"

교실은 따뜻하고, 아이들이 먹은 점심 냄새가 고여 있다. 매점에서 사 온 빵과 편의점에서 산 김밥과 각자의 집에서 싸 준 사랑의 도시락이 혼연일체가 된 냄새.

"좋겠다. 나도 하고 싶은데, 엄마가……."

나는 그 마음 잘 안다는 듯이 고개를 끄덕여 주었다.

"돈이 필요하니까."

"그럼."

요시다는 두 다리를 꼬고 뒤틀린 자세로 서 있다.

"사는 게 좀 살벌해지지만."

"그렇긴 하겠지만."

요시다가 가느다란 손가락에 자기 머리를 빙빙 감는다. 새끼 손톱 끝에 살짝 바른 하얀 매니큐어가 보인다.

"너, 손 참 예쁘다."

"정말? 고마워."

요시다는 기쁜 눈빛으로 생긋 웃는다.

"네 손도 귀여워."

"고마워."

나도 기쁜 눈빛으로 생긋 웃는다.

기말고사는 그냥 그랬다.

나는 머리가 좋은 편은 절대 아니지만 제법 요령은 있어서 범위가 정해져 있는 시험은 꽤 잘 본다. 벼락치기가 통하는 타입인 것이다.

따라서 시험이 끝나는 날은 수면 부족 상태, 집에 가면 끝없이 잔다. 폭수爆睡. 밥도 안 먹고 비디오도 보지 않는다. 봄망초의 아줌마와 야스코 씨, 오니시 씨와 동굴에서 생활하는 꿈을 꾸었다. 조난을 당했다가 살아나는 설정인 듯, 구조와 구원 물자를 기다리면서 동굴 안에 있다. 야스코 씨는 가게에서 늘 신는 샌들을 신고 있었다. 아줌마는 상황이 그런데도 여전히 즐거운 듯 뭐라 뭐라 떠들고 있고, 오니시 씨는 의자에 앉아 있었다. 우둘투둘한 동굴 벽은 젖어 있고, 기대자 싸늘하면서도 마음이 놓였다. 전철 문과 좌석 사이의 틈처럼.

경쾌한 멜로디가 귀에 거슬려 잠이 깼다. 시계를 보니 8시가 넘었다. 침대에 엎드려 아무것도 덮지 않고 잔 탓에 한기가 들었다.

아야가 건 전화였다. 목소리가 침울하다.

"웬 일?"

자다 깬 목소리로, 그러나 이런 때면 오히려 분명해지는 성실한 말투로 물었다.

"그냥 걸었어."

"그냥?"

잠시 기다린다. 1, 2, 3, 4초간.

"오늘 아저씨하고 롯폰기에서 점심 먹었어."

"어떤 아저씨?"

내가 아는 한, 아야에게는 현재 세 명의 아저씨가 있다.

"전부."

"어어."

전부, 물론 세 사람 전부란 뜻은 아니다. 마지막까지 전부 하는 관계의 아저씨란 뜻인데 그렇다면 그런 아저씨는 한 명밖에 없다. 꽤 젊은 대학교수라고 한다.

"그래서?"

말을 재촉하자 아야는 또 잠시 침묵했다. 1, 2, 3초간.

"밥 먹고 있는데, 조금 떨어진 테이블에 유즈가 있는 거야. 엄마하고 같이 식사하고 있었어."

"그랬구나."

세 번째 침묵.

"그뿐이야."

"응."

"정말 다르다는 생각이 들었어. 부럽다거나 그런 건 아니고, 나 엄마하고 같이 외출하고 싶은 마음 눈곱만큼도 없으니까, 전혀 상관은 없는데."

"응."

"그런데, 정말 다르다 싶더라고."

그러고는 아야는 말이 없었다.

"응."

"그뿐이야."

나는 응, 이란 대답밖에 할 수 없다. 사실이 다르니까. 그렇다는 것을 아야도 알고 있으니까.

"그다음에는?"

"다음이라니?"

"점심 먹은 다음."

"호텔에 갔지."

"곧바로?"

"응."

"했어?"

"응."

"돈도 받았고?"

"응, 받았어."

"그랬구나."

잠시 후, 이번에는 아야가 "넌 뭐하고 있었는데?"라고 물었다. 쾌활한 말투로.

"자고 있었어."

"그러니. 미안하다, 자는 거 깨워서."

"괜찮아, 노 프라블럼."

잠시 후에, 아야는 응, 이라고 말했다.

봄망초에서 크리스마스 파티를 했다. 단골손님이 열 명 정도 왔다. 아키노부도 농구부 친구를 두 명 데리고 왔다. 회비 4천 엔을 내고 모두들 마시고 싶은 음료를 마시고 제육볶음과 카레를 먹는다. 미부 씨만 속이 안 좋다고 해서 오니시 씨가 떡국을 끓여 주었다. 닭고기와 달걀과 파드득나물을 넣어서.

"그래도 여기는 쉬잖아."

단골손님 한 명이 말했다.

"여름에도 겨울에도 한 열흘 정도는 쉬잖아."

봄망초는 내일부터 해가 바뀔 때까지 휴업이다.

"봄에 있는 사원 여행도 빼놓으면 안 되지."

아줌마가 말한다.

"정말 느긋하군."

구름 끼고 추운 크리스마스. 알록달록한 알전구가 휘감긴 낡아 빠진 조그만 트리.

"쉬는 동안 이 물고기들을 어쩔 거야?"

떡국을 휘휘 저으면서 미부 씨가 물었다.

"내가."

오니시 씨가 나직하게 말했다.

"나도."

나는 아주 당당하고 큰 소리로, 손까지 들고 선언했다. 그때 불현듯 카운터 위, 전등갓에 얇게 낀 먼지가 시야에 들어온다.

앗, 하고 생각했다. 첫 파괴 활동.

나는 그 착상이 마음에 들었다. 카운터 끝자리에서 카레라이스를 먹으면서 세부를 검토한다.

"누나."

동생과 친구 두 명이 카레라이스를 더 달라며 다가온다. 미부 씨는 떡국을 절반이나 남긴다. 배경 음악은 늘어진 재즈.

"좀 덥다. 난방을 너무 틀어 놓았나 봐."

아줌마가 말했다. 나는 창문을 열었다. 저녁나절의, 드문드문 눈발 섞인 싸늘한 회색 공기가 흘러들었다.

4

새해는 맥 빠질 정도로 평화롭게 찾아왔다.

별 볼 일 없는 특별 프로그램 때문에 늘 보던 프로그램을 볼 수 없었다.

2일, 봄망초에 갔다. 맑게 갠 겨울날 아침, 점심시간 전에 오니시 씨가 오기로 되어 있어서 아침을 먹자마자 바로 집을 나섰다.

파괴는 아주 간단했다. 겨우 2초 만에 끝났다. 어이없게도.

5

오니시 씨는 송사리의 전멸에 대한 책임을 혼자서 도맡았다. 물론 아무도 오니시 씨의 부주의를 탓하지 않았고, 나를 의심하는 사람은 더욱 없었다. 봄망초의 일상은 변함없이 느긋하게, 아무 탈 없이 흐르고 있다.

"야스코 아줌마, 눈 감아 봐요. 뜨면 안 돼요. 지금 가게에 있는 손님은 몇 명이고, 그 가운데 몇 명이 감색 옷을 입고 있을까요?"

살육에 대해, 오니시 씨는 내게 아무 말도 하지 않았다. 그날 오니시 씨는, 온도가 80도까지 오른 물에서 익은 송사리의 시체를 떠내며 무슨 생각을 했을까. 맑게 갠 새해 아침의 투명한 공기 속에서. 또 하나 자유로워졌다는 것을, 충분히 깨달았을까.

"손님은 다섯 명이고, 감색 옷은······ 세 명?"

"와우! 아줌마 관찰력 대단하네요."

학교에서는, 신학기가 되자마자 자리바꿈이 있었다.

내 자리는 창가 앞에서 세 번째. 하지만 우리 교실 창문에서는
별다른 경치가 보이지 않는다.

비, 오이, 녹차

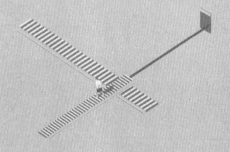

*

오이의 초록은 어쩜 이리도 예쁠까. 표면의 짙은 초록과 가로로 동그랗게 잘랐을 때의 싱그럽고 엷은 초록.

밖은 비. 나는 부엌에서 혼자 오이를 바라보고 있다. 오이는 거의 늘 냉장고에 들어 있으니까, 보고 싶을 때 볼 수 있다. 오이가 늘 냉장고에 있다는 것은 중요한 일이다. 아무리 좋은 것이라도 원할 때 수중에 없으면 아무 소용이 없다.

빗소리. 창문과 베란다 난간과 나무 잎사귀에 내리는 빗소리. 비 오는 날의 부엌은 조금 쓸쓸하다.

어젯밤 시토 이모가 왔다. 시토 이모는 엄마의 여동생. 벌써 서

른여섯 살인데 아르바이트로 먹고 살고, 결혼도 하지 않았다.

"애인은?"

내가 묻자,

"있지만, 안 가르쳐 줄래."

라고 했다.

"유코짱에게 그런 얘기하면 치즈루짱한테 혼날 텐데 뭐."

유코는 내 이름이고 치즈루는 엄마 이름이다. 시토 이모는 아무 이름에나 짱을 붙인다. 우리 아빠 이름에도, 만난 적도 없는 우리 담임 선생님 이름에도.

어젯밤, 이모는 평소와 달리 말이 많았다. 엄마의 쓸데없는 수다를 들어 주다가도 시간이 늦으면 그만 가야겠다며 휭하니 달아나 버리는데 무슨 바람이 불었는지, 여름 방학 되면 유코짱 야구장에 데리고 가야지, 란 말도 했다.

나는 야구 시합을 보러 간 적이 없다.

이모는 외할머니 집 근처에 혼자 살고 있다. 장소는 에코다. 독신 생활이 자유롭고 편하기는 한데, 한 가지 곤란한 일이 있다고 한다. 그것은 가출할 수 없다는 것.

"그렇잖아, 내가 가출을 해 봐, 그건 절대 가출일 수 없잖아. 돌아오면 여행인 거고, 돌아오지 않으면 이사잖아."

이모는 가능성의 문제라고 말한다.

*

비를 싫어한다. 특히 이렇게 가늘고 한없이 내리는 비는. 부슬 부슬 부슬 부슬, 긴장감이 없다. 찻주전자에 녹차 잎을 넣었더니 물이 살짝 넘쳤다.

어제 치즈루짱 집에서 밥을 먹었다. 반찬은 생선 구이와 나물, 그리고 바지라기 국이었다. 언니네 부엌은 조명이 붉은색이다. 우리 부엌처럼 희뿌옇지 않다.

"전구 색이 그래서 그렇지."

치즈루짱은 그렇게 말하지만, 그 때문만은 아니다. 가족이 있는 집이라서 색이 다른 것이다.

담배를 한 개비 물고 불을 붙인다. 푸시식, 종이가 타는 소리.

나와 언니는 자매인데도 전혀 닮지 않았다. 치즈루짱은 어렸을 때부터 책임감이 강하고 공부도 잘했다. 일곱 살 아래인 나를 늘 감싸 주었다. 화가 난 엄마와 아빠로부터, 주위 친구들로부터, 그리고 내가 하지 못하는 많은 일들로부터.

치즈루짱에게는 아이가 하나 있다. 올해 고등학교에 들어간 유코란 이름의 딸이다. 유코짱은 나를 무척 따른다. 말괄량이라서 어렸을 때는 선머슴아 같았는데, 요즘은 부쩍 자라 숙녀 태가 난다. 조금씩 치즈루짱을 닮아가는 것 같다.

유코짱은 지금, 나와 언니가 졸업한 고등학교에 다니고 있다. '건강, 지성, 봉사'가 교훈이고 역사가 깊은 여고다. 교가에서도 '인류애'와 '조국애'를 부르짖는 고풍스러운 학교지만 교복은 귀엽다.

나는 담배를 입에 문 채로 유리컵에 녹차를 따른다. 쪼르륵, 하고 가냘픈 소리가 난다. 맑고 뜨거운 액체.

보름 전쯤에 애인과 헤어졌다. 비가 내리는 정도로 마음이 울적해지는 것은 그 탓인지도 모른다.

토요일. 벌써 한낮의 2시인데 나는 지금 막 잠에서 깨어났고, 한심하게도 아직 잠옷 차림이다.

앞으로 1시간이면 일을 하러 나가야 한다. 나는 어머니가 경영하는 조그만 요릿집 일을 거들고 있다.

비 내리는, 소리 같지 않은 자잘한 소리가 들린다. 나는 라디오를 켜고 일기 예보를 방송하는 다이얼을 찾았지만, 없었다. 녹차를 마시고, 창문을 열고 비를 바라본다. 테루테루보즈(비가 그치기를 빌며 처마 끝에 내거는 헝겊 인형_옮긴이)라도 만들까, 하고 생각했다.

*

오후 2시. 슬슬 수영을 하러 갈 시간이다. 나는 네 살때부터 수영장에 다니고 있다. 비가 오든 눈이 오든 수영장은 문을 연다. 수영은 좋지만, 날씨가 나쁜 날에는 수영장까지 걸어가기가 귀찮다. 초등학교 때는 장화를 신고 흙탕물을 튀기며 걷는 것이 재미있었지만.

이제 곧 기말고사다. 그 생각을 하면 우울하다. 나는 성적은 꽤 좋다. 하지만 시험은 심란하다. 왜일까.

오이를 냉장고에 집어넣고 내 방으로 간다. 비닐 가방에 수영복과 물안경과 목욕 타월을 담는다.

준비를 하면서 어젯밤 이모가 한 말이 생각나, 달력을 보았다.

"야구장, 얼마나 기분 좋다구."

이모는 그렇게 말했다. 야구 시합. 여름 방학이 되면, 이라고.

그럴 수 있으면 좋겠지만.

딱히 이모가 거짓말쟁이라고 하는 얘기는 아니다. 다만 몇 월 며칠 몇 시에 어디로, 라고 분명하게 정해 놓지 않으면 어른들은 약속이라 여기지 않기 때문이다. 16년 동안 살면서 나도 그 정도는 배웠다.

수영장에 가기 전에 전화를 걸자, 그렇게 생각했다.

녹차를 다 마시고 두 개비째 담배에 불을 붙였을 때, 전화벨이 울렸다. 유코짱이었다.

"뭐 하고 있어, 이모?"

치즈루짱을 닮은, 밝고 명철한 목소리로 묻는다.

"테루테루보즈 만들고 있었는데."

내가 대답하자 순간적인 침묵이 있고,

"정말?"

이라고 물었다.

"응, 정말."

나는 대답하고, 담배 연기를 길고 깊게 토해 낸다.

"유코짱은 뭐 하고 있었는데?"

치즈루짱을 닮아 윤곽이 또렷한 쌍꺼풀, 치즈루짱의 남편을 닮아 토실토실한 얼굴, 조그만 코를 떠올리면서 물었다.

"아무것도."

"아무것도?"

"응. 그냥 오이 보고 있었어."

"오이?"

"응."

나는, 어어 그래, 라고 말하고 컵 바닥에 남은 녹차로 눈길을 떨궜다.

"야구장에 가는 거 말인데."

"야구장?"

유코는 잠시 말이 없다가, 역시, 라고 말한다.

"이모도 성인이네."

"성인?"

되묻자, 어른, 이라고 말을 바꿨다.

"그야 어른이지, 너하고는 다르지."

조카는 한숨을 쉬고,

"아, 됐어."

라고 말했다. 나는 담배를 재떨이에 짓눌러 끈다.

"치즈루짱은?"

화제를 바꿔 보았다.

"어제 잘 먹었다고 전해 줘. 맛있었다고."

"알았어."

방 안에는 공기가 고여 있고, 테이블 위에는 만들다 만 테루테루보즈가 축 늘어져 있다.

"그럼, 끊을게."

유코짱이 말하고 거의 전화를 끊으려던 순간이었다.

"아 참, 그리고."

"뭐?"

"가출 말인데."

"가출?"

"내가 실종 신고 해 줄게. 그러니까 이모도 가출할 수 있어."

나는 뭐라 대답하면 좋을지 몰랐다.

"끊을게. 나 지금 수영장에 가야 돼."

유코짱은 그렇게 말하고 전화를 끊어 버렸다. 미련 없이. 나도 수화기를 내려놓는다. 유리창으로 미끄러져 떨어지는 무수한 빗방울.

*

비는 여전히 내리지만 그렇게 심하게 내리는 것은 아니어서 자전거를 타고 가기로 했다. 수영을 하면 어차피 젖을 테니까.

과일 껌을 하나 입에 집어넣고 자전거에 올라탄다. 그리고 하늘을 올려다보았다. 테루테루보즈라니, 시토 이모는 정말 어린애 같다.

그렇다고 이모가 정말 어린애처럼 가출을 하리라고는 생각지 않지만, 그래도 만약 가출을 하면 실종 신고를 하고 찾아내면 데리러 가 주리라.

이모가 말한 대로, 그것은 가능성의 문제다.

비, 오이, 녹차

머리빗과 사인펜

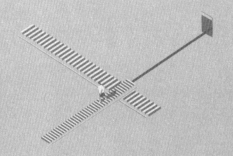

다카노 미요를 만난 것은 순환도로변에 있는 라면집에서였다. 미요는 혼자였다. 교복 차림으로 무릎에 만화 잡지를 올려놓고 들춰 보면서 라면을 먹고 있었다. 노는 아이라기보다 남자를 아는 분위기였다. 피부색이 섹시했다. 인상이 베티 붑 같은 것은 그 섹시함에는 어울리지 않는 앳된 얼굴 탓으로 보였다.

같은 라면집에서 두 번째 만났을 때, 나는 미요와 사귀고 싶은 생각이 들었다. 눈길을 마주치려 했지만, 미요는 무릎에 놓인 만화 잡지에서 고개를 들지 않았다.

나는 그릇을 들고 옆자리로 옮겨 가, 집요하게 시선을 날렸다. 미요는 금방 시선을 느끼고 고개를 들고는 무슨 조사라도 하듯 내 몸을 바라보고서, 도발적인 미소를 지었다.

나는 흥분했지만 그날은 더 이상의 진전이 없었다. 일부러 미요가 다 먹을 때까지 기다려 두 사람 몫의 밥값을 지불하고 밖으로 나왔는데, 미요는 커피 한잔 마실 시간도 없다고 잡아뗐다.

"거짓말이지?"

나는 몰아붙였다.

"잠시 얘기할 시간은 있을 거 아냐?"

미요는 코웃음을 치고는,

"아저씨, 꽤 집요하네."

라고 말했다. 과거 복서를 지망했고, 그 꿈이 무너진 후에도 육체노동이면 무엇이든 가리지 않아 2종 면허도 땄고, 여자에게 임신을 시키려고 마음만 먹으면 백발백중 임신을 시킬 수 있는 스물일곱 살의 내가 미요의 눈에는 이미 아저씨로 보이는 것이다.

"후회 안 하게 할 테니까."

팔을 잡고, 더욱 세게 몰아붙였다. 그 다음이 환상이었다. 미요는 마치 조그만 어린애를 달래듯,

"알았어. 다음에는 꼭."

이라고, 누가 들어도 거짓말인 거짓말을 태연하게 내뱉고는,

"아저씨 주소 가르쳐 줘. 찾아갈 테니까, 응."

마지막에는 거의 빌다시피 고집을 부렸다.

나는 포기했다.

"그럼, 안녕."

아양 섞인 미소를 남기고 횡단보도로 경쾌하게 사라진 미요는 아니나 다를까 그 후에는 나타나지 않았다. 우리 집은커녕 그 라면집에도.

나는 지금도 우리는 만나야 했기에 만났다고 확신하고 있는데, 반 년쯤 지나 미요와 다시 마주쳤다. 미요는 밤인데도 교복을 입고 시부야의 센터 거리를 혼자 걷고 있었다. 앞으로 가로막는 나를 보고도 금방은 기억나지 않는 것 같았다. 그러고는 노골적으로 '아뿔싸' 싶어 하는 표정을 짓고는, 헤실헤실 미소를 지어댔다.

"아저씨."

보고 싶은 친구를 오랜만에 만나기라도 한 듯한 목소리.

겨울이라 거리에 오뎅과 라면 포장마차가 줄줄이 나와 있었다. 무슨 속셈인지, 이날 미요는 아주 순순하게 내가 하자는 대로 방까지 따라왔다. 화장실은 공동에 목욕탕도 없는, 쇼와 시대의 유물 같은 헐어 빠진 아파트에.

미요는 의외로 예절이 바랐고, 방을 보고서도 별 말 하지 않았다.

"맥주 마실래?"

내가 묻자 미요는 싫다고 대답했다. 대신, 커피 있으면, 이라고 아주 조심스럽게 말했다. 나는 인스턴트커피를 끓여 주었다.

그리고 밤낮으로 깔려 있는 눅눅한 이부자리에서 섹스를 했다. 예상했던 대로 미요는 폭탄이었다. 내내 미소를 띠면서도 달래고 어르듯 나를 가지고 놀았다. 바로 옆에 가스스토브가 있어서였는지 미요는 몹시 땀을 흘렸다. 그녀를 안는 내 손이 미끈거렸다. 미요는 요즘 애들 같지 않게 머리를 땋고 있었는데, 그 굵게 딴 갈색 머리가 단박에 헝클어졌다.

미요는 줄곧 헌신적이었다. 내가 어떻게 좀 해 주려고 하면 금방 그만 됐어, 라고 하고는 입장을 바꿔치기 해 버렸다. 그런 일은 처음이라서 물론 나의 자존심은 상처를 입었지만, 느긋하게 상처나 입고 있을 틈도 없을 정도로 미요는 격렬하고 헌신적으로 나를 공격했다.

일이 끝나자 미요는 천천히 옷을 입었다. 목욕탕이 없는 것을 사과하자, 미요는 눈으로만 배시시 웃고는, 아니 괜찮아, 라고 말했다.

미요의 몸은 보드랍고, 땀을 흘리고 있는데도 피부 표면의 온

도가 낮고, 그리고 풍만했다. 믿기지 않을 정도로 풍만했다.

"너, 언젠가 그걸로 몸을 망칠 거야."

미요는 또 배시시 눈으로만 웃고는 대꾸하지 않았다.

그러나 실제로는 그 반대였다. 몸을 망칠 뻔했던 것은 오히려 나였다. 미요는 그날, 휴대폰이 없다면서 자기 집 전화번호를 가르쳐 주었다. 어차피 엉터리겠지 했는데, 다음 날 전화를 걸자 본인이 받았다.

그때부터 우리는 만날 때마다 섹스를 했다. 내 방의 지저분한 이부자리에서. 헤어지면 나는 또 금방 미요가 그리워졌다. 미요의 몸은 그런 몸이었다.

전화를 걸면 때로 엄마가 받기도 했다. 전화기를 통해 듣는 목소리지만, 아주 평범하고 좋은 가정의 엄마란 느낌이었다. 낯선 남자에게서 온 전화도 깍듯하게 바꿔 준다.

나는 미요의 교복으로 학교를 추적하고, 심지어 일이 없는 날은 교문 옆에서 기다렸다. 미요는 그런 나를 볼 때마다 솔직히 혀라도 차고 싶다는 표정을 짓고서는 어쩔 수 없다는 듯 웃으면서,

"아저씨."

라고 말했다.

몸이 목적이라고는 여기고 싶지 않아 나는 미요와 함께 거리

를 어슬렁거리며 옷을 사 주려고도 해 보았고, 쉬는 날에는 드라이브를 하자고도 해 보았다. 미요는 모두 거절했다. 그러면서도 헤실헤실 웃으며 다가와 방까지 따라오는 것이었다.

한 번은 미요의 가방 속을 들여다보고 깜짝 놀랐다. 들어 주려고 했는데 너무 가벼워서 안을 들여다보니, 머리빗과 사인펜 뭉치밖에 없었던 것이다. 여덟 가지 색 사인펜이 고무줄에 묶여 있었다.

"너, 남자 몇 명이나 알아?"

어느 저녁, 섹스를 한 후에 역까지 나란히 걸으면서 물었다. 미요는 잠시 생각하다가,

"글쎄, 한 서른 명쯤 될까."

라고 대답했다. 그러고는 서둘러 정정하듯이,

"아, 하지만 몇 번이나 잔 사람은 별로 없어. 아저씨하고는 궁합이 잘 맞나 봐."

라며 웃었다. 웃는 그 얼굴. 나는 지금도 심경이 복잡하다. 미요는 상대를 위로하는 듯한 표정으로 웃었다. 늘. 그리고 거기에는 비굴함과 오만함이 반반씩 섞여 있었고, 결과적으로 무척 상냥하고 에로틱한 웃음이 되곤 했다.

"가정이 불행하다거나, 그런 거야?"

나 같은 사람과 사귈 정도이니 돈이 필요해서 남자와 자는 것이 아님은 분명했다.

미요는 무슨 소리냐는 듯 웃었다.

"우리 가족이 얼마나 행복한데."

나는 이해할 수 없었다. 나 자신도 고등학교 중퇴에 어지간히 부모 속을 썩인 족속이라서, 그런 류의 의논이라도 얼마든지 상대해 줄 자신이 있었다. 그렇게 말하자 미요는 예의 위로하는 듯한 미소를 띠고는,

"아저씨는 그런 걱정 안 해도 된다니까."

라고 말했다.

과연 미요는 빗나간 것도 괜한 반항을 하는 것도 아니었다. 반항은커녕, 어딘가 모르게 교태를 부리는 듯한 구석마저 있었다. 나는 물론, 교문 앞에서 짧은 대화를 나누는 같은 학년 아이들에게도.

"다들 나를 다카노 씨라고 불러."

언젠가 미요는 그렇게 말했다.

"아마 거리감이 있는 거겠지."

라는 말도.

"사실은 아무도 내게, 다가올 수가 없는 거겠지."

비굴하게 히죽 웃는 얼굴로 그런 말을 하자, 나는 미요를 엉망진창으로 만들어 버리고 싶었다. 미요도 그렇게 해 주기를 바라는 것처럼 보였다. 적어도 싫지는 않은 것처럼.

미요의 몸이 내게 주는 것은 끝이 없었다. 안으면서도 나는 종종 불안했다. 그러나 그 불안을 천천히 음미할 틈도 없이 나는 그저 주는 것에 허우적거렸고, 더욱이 그것은 금단 증상까지 동반했다.

즉 나는 뼛속 깊이 빠져들고 만 것이다. 아침이든 낮이든 밤이든 미요가 그리웠다. 피곤하든 배가 고프든 미요의 살이 그리웠다.

"이제 끝났어. 왠지 싫증도 나고."

그래서 미요가 그런 말을 했을 때, 나는 승복할 수 없었다. 화를 내며 고함을 지르고 위협도 하고, 무릎을 꿇고 빌기도 했다.

미요는 난감하다는 표정을 지었지만, 뜻을 굽히지 않았다.

"이러지 좀 마."

미요는 조그만 어린애를 달래듯 말했다. 그런데도 내가 단념하지 않자,

"정말 집요하네."

라고 노골적인 경멸을 담아 내뱉었다. 그 말에는 정이라고는

털끝만큼도 없었다.

교문에서 죽치고 기다리고 있어도 상대도 해 주지 않았다. 다가서거나 팔을 잡으면, 동급생에게 명령하는 듯한 말투로,

"선생님 불러."

라고 말하는 것이었다. 거의 치한 취급이었다.

집에 전화를 걸면 엄마가 받아 냉정한 말투로 야단을 쳤고, 그런데도 끊지 않으면 아빠에게 전화를 바꿔 경찰을 부르겠다는 둥 호통을 쳤다. 대체 어떻게 된 일인지, 나는 도무지 알 수가 없었다.

미요를 생각하면서 몇 주 동안이나 괴로운 나날을 보냈다. 잠 못 이루는 날이 이어지고, 미요가 아닌 여자를 안을 마음은 영원히 일지 않을 것 같았다. 센터 거리와 학교 근처 등 미요가 있을 만한 장소를 어슬렁거리기도 했다.

그러다 간신히 마주쳐도, 미요는 쓰레기라도 보는 듯한 눈으로 나를 쳐다보고는 한 걸음이라도 다가가면 아무에게나 도움을 청했다. 꺅, 이니, 뭐야 이 사람, 이라고 호들갑을 떨면서.

결국 나는 포기할 수밖에 없었다. 비굴함과 오만함이 뒤섞인 웃음과 땀에 젖은 싸늘하고 따스한 몸을 떠올릴 때마다, 라면 한 그릇으로 꽤나 행복한 경험을 했다고 생각해야 할지 라면 한 그

룻 때문에 호된 경험을 했다고 생각해야 할지 마음을 정하지 못해 곤혹스럽다.

"아저씨."

아직도 미요의 달짝지근한 속삭임이 귓가에 남아 있다.

간혹 어린 시절의 친구들 모임에 나갔다가 내 기억 속의 나와는 다른 나를 만나곤 한다.

내 기억이 희미한 탓이 크겠지만, 어쩌면 그 시절의 경험이 내 의식을 관통하지 못한 까닭이 더 클 것이다. 그런 밤에는 내 머릿속의 기억 창고에서 먼지 냄새 풀풀 나는 먼 기억들이 아우성을 치고, 나는 혼란에 빠진다. 그리고 나란 개인의 역사에서 멀리 떨어져 나갔거나 혹은 후미진 구석에 밀쳐져 한 번도 되새김질되지 못했던 무수한 시간의 잔해와 경험과 기억이 지금도 여전히 거기에 있다는 것을, 아프게 인식한다.

당시에는 나의 전부였을 그것들을 지금의 나는 기억조차 하지 않고, 긴 시간을 두고 나를 형성해 온 많은 사건들 역시 그 의미마저 잊은 채 외면하고서, 나는 현재를 아주 다른 사람처럼 살고 있는 것이다.

그러다 아주 가끔, 옛 친구들을 만났을 때의 충격이 되살아나곤 한다.

어두운 밤의 베란다에서, 멀리 반짝이는 역사의 불빛을 보면서 아이들의 귀가를 기다릴 때, 흐릿한 오후, 밀린 설거지를 하면서 부엌 창으로 건너편 아파트 베란다에서 흔들리는 빨래를 보았을 때, 모두 잠든 깊은 밤, 수도꼭지에서 똑똑 떨어지는 물소리가 유난히 크게 들릴 때, 어쩌다 올려다본 하늘에서 구름이 꼼짝도 하지 않아 마치 시간이 정지된 것처럼 느껴질 때…… 그런 때면 기억 창고 속의 내가 지금의 나를 마치 다른 사람 보듯 바라보고 있는 듯한 착각이 든다. 그러니, 나는 있는 것이다. 어디엔가, 내가 모르는 어느 깊은 틈 속에.

에쿠니 가오리의 새 단편집 『언젠가 기억에서 사라진다 해도』를 만났을 때도 이와 비슷한 충격을 받았다. 온갖 감정이 교차했던 여고 시절의 교실은 이미 내게서 멀어졌는데, 거슬러 올라가 더듬어 보면 분명 거기에 있다. 동성에 대한 야릇한 호기심에 몸을 떠는 기쿠코처럼, 현실을 버티지 못해 정신에 금이 간 에미처럼, 우정과 연애의 경계에서 덜 영근 사랑을 하는 유즈처럼, 비만에 대한 피해 의식으로 세상을 적으로 돌리고 일기장에 독약을 처방하는 카나처럼, 빨리 성숙한 육체로 남자를 혼란케 하는 미요처럼 많은 친구들이 그 의미조차 규정할 수 없는 감정과 경험 속에서 허우적거렸고, 나 역시 그랬다.

나만 동떨어져 있는 듯해서 모든 것에 더욱 매달리고, 그것이 여의치 않으면 그 모든 것을 탓하고 세상을 미워하면서 자학과 파괴와 탈출을 꿈꿨다. 하지만 어쩌면 그것들은 모든 이의 성장기에 뿜어져 나오는 감정의 자기 분열이고 열정과 치기의 폭발이었을 텐데, 그때는 마치 삶의 전부인 것처럼 크고 무겁게 덜 자란 육체와 정신을 짓눌렀다.

이성이 감정을 통제하는 어른이 된 지금은, 내 딸의 감정적인 혼란과 비틀거림을 용납할 수 없어 짜증스러운 것만큼이나 나는 당시의 내가 낯설고 멋쩍다. 질서 정연하지 않고 안정감이 없는 것이 오히려 버거워진 것이다.

하지만 내가 지나왔던 것처럼, 그리고 이야기 속의 주인공들처럼 내 딸 역시, 아니 이 땅의 모든 여고생들이 성장기란 어두운 터널 속을, 그 감정의 도가니 속을, 그리고 언젠가는 기억에서 멀어져 갈 현재를 힘겹게 통과하고 있는 것은 아닐까.

그러다 먼 훗날, 문득문득 현재의 틈바구니를 비집고 나온 과거와 맞닥뜨리고는 멀어졌을 뿐 잊히지도 사라지지도 않는 기억을 새삼 되돌아보면서 그 낯선 이질감에 당황하지 않을까.

2006년 하늘이 높은 초가을
김난주